ARTHUR CONAN DOYLE

SHERLOCK HOLMES

O SIGNO DOS QUATRO

ARTHUR CONAN DOYLE

SHERLOCK HOLMES

O SIGNO DOS QUATRO

O signo dos quatro
The sign of the four
Copyright © 2021 by Amoler Ltda.

COORDENAÇÃO EDITORIAL: Stéfano Stella
TRADUÇÃO: Maria Teresa Mancini
PREPARAÇÃO: Deborah Stafussi
REVISÃO: Tamires Cianci / Silvia Segóvia
CAPA E DIAGRAMAÇÃO: Plinio Ricca
PROJETO GRÁFICO: Plinio Ricca / Stéfano Stella

Texto de acordo com as normas do Novo Acordo Ortográfico da Língua Portuguesa (1990), em vigor desde 1º de janeiro de 2009.

Dados Internacionais de Catalogação na Publicação (CIP)
Angélica Ilacqua CRB-8/7057

Doyle, Arthur Conan, 1859-1930
   O signo dos quatro / Arthur Conan Doyle ; tradução de Maria Teresa Mancini. – Barueri, SP : 2021.

   Título original: The sign of the four

   1. Ficção escocesa 2. Ficção policial I. Título II. Mancini, Maria Teresa

18-0975   CDD E823

Índices para catálogo sistemático:
1. Ficção escocesa E823

TEL: (11) 95960-0153 - WHATSAPP
E-MAIL: FALECONOSCO@AMOLER.COM.BR
WWW.AMOLER.COM.BR

Sumário

1: A ciência da dedução 9
2: A confirmação do caso 21
3: Em busca de uma solução 31
4: A história do homem calvo 39
5: A tragédia em Pondicherry Lodge 55
6: Sherlock Holmes faz uma demonstração.................. 67
7: O episódio do barril 81
8: Os ilegais da Baker Street 99
9: A corrente se rompe... 115
10: O fim do ilhéu 131
11: O incrível tesouro de Agra 145
12: A estranha história de Jonathan Small.................... 155

1

A ciência da dedução

Sherlock Holmes pegou a ampola no canto da cornija da lareira e a seringa hipodérmica do seu elegante estojo de marroquim[1]. Com seus dedos longos, brancos e de nervos aparentes ele ajustou a delicada agulha e arregaçou a manga esquerda da camisa. Por um curto momento repousou os olhos atentamente sobre o antebraço musculoso e o punho pontilhado e marcado pelas cicatrizes das inúmeras agulhadas. Por fim, injetou a ponta da agulha, empurrou o pequeno êmbolo e afundou-se na poltrona de forro aveludado, dando um longo suspiro de satisfação.

---
[1] Espécie de couro originário do Marrocos. (N.E.)

Durante muitos meses eu testemunhara aquela cena três vezes por dia, mas o costume não me ajudou a aceitá-la. Pelo contrário, dia após dia irritava-me cada vez mais por aquela situação e, noite adentro, minha consciência pesava pela falta de coragem em protestar. Por diversas vezes fiz um juramento de que daria vazão aos meus sentimentos, mas havia algo sereno e indiferente em meu companheiro que o estava tornando-o o último homem com quem alguém tentaria ter alguma intimidade. Seus talentos incríveis, modos magistrais e a experiência que tive com suas qualidades extraordinárias deixavam-me acanhado e hesitante de intrometer-me em sua vida.

Naquela tarde, entretanto, fosse pela bebida que tomara no almoço ou pela irritação extra, causada pela extrema liberdade nos modos dele, não consegui mais segurar.

— O que vai ser hoje? — perguntei. — Morfina ou cocaína?

Ele levantou os olhos suavemente do antigo livro de escrita gótica que havia aberto.

— É cocaína — disse ele. — Uma solução de 7%. Gostaria de provar?

— Não, de jeito nenhum — respondi bruscamente. — Minha estrutura física não superou a temporada afegã ainda. Não posso dar-me ao luxo de sobrecarregá-la.

Ele riu de minha veemência.

— Talvez esteja certo, Watson — disse ele. — Suponho que seja uma péssima influência física. No entanto, por proporcionar um estímulo transcendental e clareza à mente, penso que os efeitos secundários são insignificantes.

— Mas reflita! — falei sinceramente. — Considere o preço! Seu cérebro pode, como você disse, ficar alerta e estimulado, mas é um processo mórbido e patológico, que envolve um aumento na alteração do tecido e pode gerar uma deficiência permanente. Você conhece também o efeito melancólico que gera. Certamente não vale a pena. Por que arriscar os incríveis talentos que lhe foram dados por um breve momento de prazer? Lembre-se, não falo só como amigo, mas como um médico até certo ponto responsável por sua saúde.

Holmes não pareceu ofendido. Pelo contrário, ele juntou as pontas dos dedos e repousou os cotovelos sobre os braços da poltrona, como quem anseia por um diálogo.

— Minha mente — disse — se rebela contra a estagnação. Dê-me problemas, trabalho, o mais elaborado criptograma ou a mais complexa análise que estarei em minha zona de conforto. Posso dispensar estimulantes artificiais, mas abomino a monótona rotina da existência. Anseio a exaltação mental. Por isso escolhi minha própria profissão, ou melhor, criei-a, pois sou o único no mundo a exercê-la.

— O único detetive não oficial? — perguntei, erguendo as sobrancelhas.

— O único detetive consultor não oficial — respondeu ele. — Sou o último e melhor recurso de apelação em matéria de investigação. Quando Gregson, Lestrade ou Athelney estão totalmente perdidos —, o que, diga-se de passagem, é o normal —, o caso é apresentado a mim. Examino as informações, como um expert, e ofereço uma opinião de especialista. Não reivindico nenhum mérito nesses casos e meu nome não aparece nos jornais. O trabalho em si e o prazer em encontrar um campo para minhas habilidades peculiares são a grande recompensa. Você mesmo teve certa experiência com meus métodos de trabalho no caso de Jefferson Hope.

— Sim, de fato — respondi cordialmente. — Nunca fiquei tão impressionado em minha vida. Até os incluí num pequeno livreto com o fantástico título de *Um estudo em vermelho*.

Ele balançou a cabeça em tom de lamentação.

— Dei uma olhada — disse ele. — Honestamente, não posso lhe parabenizar. Investigação é, ou costumava ser, uma ciência exata, e deve ser tratada da mesma maneira fria e insensível. Você tentou dar toques de romantismo, o que produz efeitos similares aos de uma história de amor ou da quinta proposição de Euclides.

— Mas o romance estava presente — protestei. — Eu não podia manipular os fatos.

— Alguns fatos deveriam ser omitidos ou pelo menos um bom senso de proporção deveria ser levado em consideração ao retratá-los. O único ponto do caso que merecia ser mencionado era o curioso raciocínio analítico partindo dos efeitos para chegar às causas, que fui bem-sucedido em completar.

Fiquei incomodado com as críticas a um trabalho que fizera especialmente para agradá-lo. Confesso também minha irritação pelo egoísmo que parecia exigir que cada linha do meu texto fosse dedicada aos seus feitos especiais. Durante os anos em que vivi com ele em Baker Street, notei por diversas vezes uma vaidade escondida nos modos calmos e didáticos dele. Não fiz mais nenhum comentário e sentei-me para cuidar de minha perna ferida. Havia um tempo, uma munição a tinha atravessado e, embora não tivesse me impedido de caminhar, doía insistentemente a qualquer mudança climática.

— Recentemente, minha prática estendeu-se ao Continente — disse Holmes, após algum tempo, enchendo o velho cachimbo de raiz de urze. — Fui consultado na semana passada por François le Villard, que se tornou pioneiro no serviço de investigação francês, como você provavelmente sabe. Ele tem todo o talento celta de intuição rápida, mas é deficiente na ampla gama de conhecimento exato, essencial para o melhor desenvolvimento do trabalho. O caso era sobre um testamento, e possuía fatos interessantes. Também pude citar para ele dois casos paralelos, o primeiro em 1857 em Riga e outro em 1871 em St. Louis que indicaram a verdadeira solução. Recebi essa carta pela manhã, reconhecendo meu auxílio.

Enquanto falava, lançou para mim uma folha amassada de papel de carta estrangeiro. Corri os olhos sobre a folha, observando uma profusão de elogios, com "*magnifiques*"[2], "*coup-de-maitres*"[3] e "*tours-de-force*"[4], todos comprovando a forte admiração do francês.

---

[2] Magnífico. (N.E.)
[3] Golpe de mestre. (N.E.)
[4] Proeza, façanha. (N.E.)

— Ele escreve como um aluno ao seu mestre — falei.

— Ele valoriza demais minha ajuda — disse Sherlock Holmes calmamente. — François tem consideráveis talentos. Possui duas das três qualidades necessárias para um detetive ideal: o poder de observação e a dedução. Só lhe falta o conhecimento, que poderá vir com o tempo. Agora ele está traduzindo meus pequenos trabalhos para o francês.

— Seus trabalhos? — perguntei.

— Oh, não sabia? — exclamou, rindo. — Sim, sou responsável por diversas monografias. Todas sobre assuntos técnicos. Essa, por exemplo, é uma delas: "A diferença entre as cinzas de fumos diversos". Nela, enumero 140 variedades de tabaco de charuto, cigarro e cachimbo, com placas coloridas ilustrando a diferença entre as cinzas. É um ponto que continuamente aparece em julgamentos criminais e que muitas vezes é uma pista de extrema importância. Se você consegue, por exemplo, identificar que o assassino fumava um *lunkah* indiano, isso obviamente diminui sua lista de suspeitos. Ao olho treinado, as cinzas negras de um *trichinopoly* e as aveludadas claras de um *bird's eye* são tão diferentes quanto um repolho de uma batata.

— Você tem uma genialidade incrível para os detalhes — observei.

— Aprecio a importância deles. Aqui está uma monografia sobre rastros de pegadas, com algumas observações sobre o uso de gesso para preservá-las. Eis aqui, também, um trabalho curioso sobre a influência da profissão no formato das mãos, com imagens e moldes das mãos de pedreiros, marinheiros, corticeiros, tipógrafos, tecelões e lapidadores de diamante. São assuntos de grande interesse prático ao investigador científico, principalmente em casos de corpos não identificados ou para descobrir os antecedentes criminais. Estou lhe entediando com meu passatempo.

— De modo algum — respondi de modo sincero. — Tenho grande interesse, especialmente depois de observar sua prática. Mas agora mesmo mencionou observação e dedução. Certamente um implica outro.

— Ora, dificilmente — respondeu, recostando-se luxuosamente em sua poltrona e soprando densas e azuladas fumaças de seu cachimbo. — Por exemplo, a observação me mostra que você esteve na agência dos Correios da rua Wigmore esta manhã, mas a dedução me revela que lá você enviou um telegrama.

— Certo! — falei. — Acertou nos dois pontos. Mas confesso que não vejo como você chegou a essa conclusão. Foi um impulso de minha parte e não mencionei a ninguém.

— É a simplicidade do fato em si — observou ele, rindo de minha surpresa —, é tão absurdamente simples que a explicação se torna supérflua, ainda que possa definir os limites da observação e da dedução. A observação me diz que você tem uma pequena marca de barro avermelhado no peito do pé. Do outro lado do escritório da rua Seymour, onde fica a agência, eles removeram a pavimentação, escavando terra e a espalhando de tal maneira que é difícil não pisar nela ao entrar. O avermelhado único dessa terra, até onde sei, não é encontrado em mais nenhum lugar nas redondezas. Tudo isso é observação. O resto, dedução.

— Então, como deduziu sobre o telegrama?

— Ora, evidentemente eu sabia que você não havia escrito uma carta, já que passei a manhã sentado à sua frente. Vejo também que na escrivaninha há selos e um maço grosso de cartões-postais. Por que ir a uma agência dos correios, senão para enviar um telegrama? Elimine as outras possibilidades e a que resta só pode ser a verdadeira.

— Neste caso, certamente é — respondi, após breve reflexão. — Como você disse, o caso é dos mais simples. Você me julgaria impertinente se submetesse suas teorias a um teste mais rigoroso?

— Pelo contrário — respondeu —, isso me impediria de tomar uma segunda dose de cocaína. Adoraria analisar qualquer problema que possa me apresentar.

— Já o ouvi dizer que é difícil para um homem não deixar marcas particulares num objeto de uso diário, tornando fácil para um observador treinado percebê--las. Tenho aqui um relógio que adquiri recentemente. Faria a gentileza de opinar sobre a natureza ou os hábitos do dono anterior?

Entreguei-lhe o relógio com uma sensação de divertimento, pois aquilo era, a meu ver, um teste impossível. Também tive a intenção de dar uma lição ao seu costumeiro tom dogmático. Ele balançou o relógio nas mãos, encarou atentamente o mostrador, abriu a tampa traseira e examinou as engrenagens, primeiro a olho nu e depois com uma lupa potente. Mal consegui segurar o sorriso ante a expressão desanimada que ele demonstrou ao fechar a tampa e devolver-me o relógio.

A ciência da dedução

— Quase não há informações — observou. — O relógio foi limpo recentemente, o que me tira os fatos mais sugestivos.

— Correto — respondi —, foi limpo antes de ser enviado a mim.

Acusei mentalmente meu companheiro de usar a desculpa mais esfarrapada e fraca para disfarçar sua falha. Que tipo de informação ele esperaria de um relógio sujo?

— Embora insatisfatória, minha análise não foi totalmente inútil — acrescentou, observando o teto com um olhar vago e sem brilho. — Corrija-me se estiver errado, mas poderia dizer que o relógio pertenceu ao seu irmão mais velho, que o herdou de seu pai.

— Isso você concluiu pelas siglas H. W. na parte traseira?

— Exato. O W. remete ao seu sobrenome. O relógio foi fabricado pelo menos cinquenta anos atrás, e as iniciais são tão antigas quanto ele, então é de uma geração passada. Joias costumam ser herdadas pelo filho mais velho, que provavelmente tem o mesmo nome do pai. Seu pai, se bem recordo, morreu há muitos anos. Portanto, o relógio estava em posse de seu irmão mais velho.

— Até agora, certo — falei. — Algo mais?

— Ele era um homem descuidado. Muito desorganizado e desleixado. Tinha um futuro promissor, mas desperdiçou as oportunidades, vivendo ora na pobreza, ora na fartura e, finalmente, entregue ao alcoolismo, ele morreu. Isso é tudo o que consegui descobrir.

Saltei da cadeira e manquei impaciente pelo cômodo com muita amargura no coração.

— Isso é indigno, Holmes — falei. — Não acredito que se prestou a isso. Você fez questionamentos sobre a vida de meu pobre irmão, e agora finge deduzir essa descoberta de maneira fantasiosa. Não espere que eu acredite que descobriu tudo isso por meio de um relógio velho! É cruel e, sejamos honestos, beira ao charlatanismo.

— Meu caro doutor — disse ele docemente —, peço que aceite minhas desculpas. Vendo a situação como um problema abstrato, esqueço-me de quão pessoal e doloroso isso pode ser para você. No entanto, lhe garanto que jamais soube que tinha um irmão até me entregar esse relógio.

— Então, por tudo que é mais sagrado, como sabia destes fatos? São absolutamente corretos em cada particularidade.

— Ah, isso foi sorte. Pude apenas falar contando com as probabilidades. Não esperava estar tão certo.

— Mas não foi mera adivinhação?

— Não, não, eu nunca adivinho. É um péssimo hábito, prejudicial às faculdades lógicas. Só lhe parece estranho, pois você não seguiu minha linha de raciocínio ou observou os pequenos detalhes sobre os quais podem ser sustentadas grandes inferências. Por exemplo, comecei afirmando que seu irmão era descuidado.

Observando a parte de baixo do relógio, nota-se que não só está amassado em dois lugares, mas também está repleto de marcas e arranhões por guardá-lo no mesmo bolso que objetos duros, como moedas ou chaves. Não é grande façanha presumir que um homem que cuida de um relógio de cinquenta guinéus com tanto desmazelo seja negligente. Tampouco é uma conclusão extraordinária supor que um homem que herda um artigo de tal valor é bem provido em outros aspectos.

Anuí com a cabeça, para mostrar que segui o raciocínio.

— Na Inglaterra, os penhoristas têm o hábito de marcar o número de série com um alfinete no interior do relógio. É mais prático que uma etiqueta, pois não há risco de o número ser perdido ou substituído. Há pelo menos quatro números visíveis às minhas lentes em seu interior. Em primeiro lugar, seu irmão tinha períodos de vacas magras; em segundo, ele ocasionalmente tinha períodos de prosperidade, ou não poderia resgatar o penhor. Por fim, observe a placa interna, que contém o buraco fechadura. Veja a quantidade de arranhões ao redor dele; são marcas onde a chave resvalou. Como a chave de um homem sóbrio faria tantas ranhuras? No entanto, você nunca verá o relógio de um bêbado sem elas. Ele lhe dá corda à noite, e então deixa esses rastros das mãos trêmulas. Onde está o mistério nisso?

— É tão claro quanto a luz do dia — respondi. — Lamento a injustiça que lhe fiz. Devia ter tido mais fé em seu maravilhoso raciocínio. Posso perguntar se há alguma investigação profissional em curso?

— Nenhuma, por isso a cocaína. Não vivo sem um desafio mental. O que mais me resta a fazer? Venha até a janela. Já houve mundo mais monótono, sombrio e inútil? Veja como a neblina amarela rodopia pelas ruas e segue pelas casas pardas. O que poderia ser mais desesperadamente prosaico e tangível? Qual a utilidade desses talentos, doutor, quando não há campo para exercê-los? O crime e a existência são comuns e nenhuma qualidade salva os comuns que não têm função no planeta.

Abri minha boca para responder a essa crítica quando, com uma batida rápida, nossa senhoria entrou trazendo um cartão na bandeja de bronze.

— Uma jovem quer vê-lo, senhor — disse ela, dirigindo-se ao meu companheiro.

— Senhorita Mary Morstan — leu ele. — Hum! Não me recordo desse nome. Peça à jovem que entre, Sra. Hudson. Não vá, doutor, preferiria que ficasse.

A confirmação do caso

A senhorita Morstan entrou no cômodo com passos firmes e modos serenos. Era uma jovem loira, pequena, delicada, com mãos cobertas por luvas e vestimenta de gosto impecável. No entanto, havia certa simplicidade e singeleza em seus modos que indicavam recursos limitados. Usava um vestido em tom bege acinzentado, sem enfeites ou drapeados, e um pequeno turbante de tom igualmente maçante, suavizado apenas por uma pluma branca na lateral. Tinha um rosto sem regularidade nos traços nem beleza, mas a expressão era doce e amável, e os olhos grandes e azuis eram profundos e simpáticos. Com um conhecimento em mulheres que se estendia por muitos países e três continentes diferentes, nunca vi uma face com maior promessa de ter uma natureza tão sensível e refinada. Não pude deixar de observar que, enquanto tomava o acento indicado por Sherlock Holmes, seus lábios e mãos tremiam e ela demonstrava todos os sinais de intensa ansiedade.

— Vim procurá-lo, Sr. Holmes — disse ela, — pois certa vez o senhor ajudou minha patroa, Sra. Cecil Forrester, a solucionar uma pequena complicação doméstica. Ela ficou muito impressionada com sua bondade e habilidade.

— Sra. Cecil Forrester — repetiu ele, pensativo. — Acredito que prestei um serviço a ela, mas me recordo de que o caso era muito simples.

— Ela não pensara assim, mas certamente você não dirá o mesmo sobre o meu. Não consigo imaginar nada mais estranho e inexplicável do que a situação em que me encontro.

Holmes esfregou as mãos, e seus olhos brilharam. Ele se inclinou na cadeira com expressão de extrema concentração em seus traços precisos e afiados.

— Relate seu caso — disse ele, em tom rápido e profissional.

Senti-me em uma situação constrangedora.

— Creio que a senhorita me dará licença — falei ao levantar.

Para minha surpresa, a jovem ergueu sua mão ainda com as luvas para deter-me.

— Se seu amigo — disse ela — fizesse a gentileza de ficar, ele seria de inestimável ajuda.

Voltei a sentar-me.

— Resumidamente — continuou —, estes são os fatos. Meu pai era um oficial do regimento indiano que me enviou para casa ainda criança. Minha mãe havia morrido, e eu não tinha familiares na Inglaterra. Puseram-me num confortável internato em Edimburgo, e lá permaneci até os dezessete anos. Em 1878, meu pai, agora um capitão veterano de seu regimento, recebeu uma licença de doze meses e voltou para casa. Ele mandou um telegrama de Londres avisando que chegara bem e instruindo-me a visitá-lo, anotando o Hotel Langham como seu endereço. Sua mensagem, como recordo, estava repleta de amor e carinho. Ao chegar a Londres, segui até o Langham, e fui informada de que o capitão Morstan estava hospedado lá, mas havia saído na noite anterior e ainda não retornara. Esperei todo o dia sem notícias. Naquela noite, seguindo o conselho do gerente do hotel, contatei a polícia e na manhã seguinte publicamos anúncios nos jornais. Nossos esforços não obtiveram resultados e, desde aquele dia, nunca mais se ouviu de meu pai. Ele voltara para casa com o coração cheio de esperança, buscando paz, conforto e, em vez disso...

Ela levou à mão a garganta, e um soluço engasgado pôs fim à frase.

— A data? — perguntou Holmes, abrindo sua agenda.

— Ele desapareceu em 3 de dezembro de 1878, há quase dez anos.

— E a bagagem?

— Permaneceu no hotel. Não havia nada nela que deixasse pistas. Tinha algumas roupas, livros e uma considerável quantidade de artigos das ilhas Andamão. Ele foi um dos oficiais encarregados da guarda dos prisioneiros lá.

— Ele tinha amigos na cidade?

— Apenas um de que temos conhecimento, major Sholto, do seu próprio regimento, a 34ª Infantaria de Mumbai. O major se aposentara pouco tempo antes e vivia em Upper Norwood. Obviamente entramos em contato com ele, mas sequer sabia que o colega estava na Inglaterra.

— Um caso singular — observou Holmes.

— Ainda não cheguei à parte mais singular. Cerca de seis anos atrás, exatamente em 4 de maio de 1882, um anúncio publicado no jornal *Times* perguntava pelo endereço de Mary Morstan e afirmava que seria do interesse dela apresentar-se. Não havia nome tampouco endereço. Naquela época eu acabara de me tornar governanta da família da Sra. Cecil Forrester. Seguindo o seu conselho, publiquei meu endereço na coluna de anúncios e, naquele mesmo dia, chegou pelos correios uma pequena caixa de papelão endereçada a mim, contendo uma grande pérola reluzente, sem nenhuma palavra escrita. Desde então, a cada ano, na mesma época, sempre recebo uma caixa similar, com uma pérola similar, sem evidências do remetente. Um especialista afirmou que era uma variedade rara, de significativo valor. Veja como são bonitas.

Ela abriu a pequena caixa enquanto falava, e mostrou-me seis das mais belas pérolas que eu já havia visto.

— Seu depoimento é muito interessante — disse Sherlock Holmes. — Algo mais ocorreu?

— Sim, justamente hoje, por isso o procurei. Pela manhã recebi esta carta, que talvez queira ler.

— Obrigado — disse Holmes. — O envelope também, por favor. Carimbo, Londres, S.W. Data: 7 de julho. Hum! Marca de polegar no canto, provavelmente do carteiro. Papel de qualidade, envelopes de seis *pence* o pacote. Homem exigente com artigos de papelaria. Sem endereço.

> *Esteja na terceira pilastra à esquerda da entrada do Teatro Liceu esta noite às 19 horas. Se estiver desconfiada, traga dois amigos. Você foi injustiçada e merece justiça. Não traga a polícia. Se o fizer, tudo terá sido em vão. Seu amigo desconhecido.*

— Ora, realmente é um mistério intrigante. O que pretende fazer, senhorita Morstan?

— É exatamente isso que quero lhe perguntar.

— Então, devemos ir. Eu, a senhorita e sim, claro, o Dr. Watson é o homem certo. Seu correspondente diz dois amigos. Nós já trabalhamos juntos antes.

— Mas ele iria? — perguntou ela, com toque de súplica em sua voz e expressão.

— Ficarei feliz e honrado — respondi fervorosamente —, se lhe for de alguma utilidade.

— Vocês são muito gentis — respondeu ela. — Levei uma vida reclusa, e não tenho amigos a quem recorrer. Suponho que devo chegar aqui às 18 horas?

— Não se atrase — disse Holmes. — Entretanto, tenho uma dúvida. Essa letra é a mesma do endereço do envio das pérolas?

— Eu os tenho aqui — respondeu, mostrando meia dúzia de pedaços de papel.

— Sem dúvida a senhorita é uma cliente exemplar, tem a intuição correta. Agora, vejamos.

Ele espalhou os papéis sobre a mesa e olhou rapidamente um e outro.

— A escrita é disfarçada, exceto na carta — falou prontamente —, mas a autoria é inquestionável. Veja como o *i* é interrompido e olhe o *s* com a ponta final torcida. Com certeza são da mesma pessoa. Não quero dar falsas esperanças, senhorita Morstan, mas há alguma semelhança com a letra de seu pai?

— Nada poderia ser mais distinto — respondeu.

— Esperava ouvir isso. Então, iremos com você, às 18 horas. Permita-me ficar com esses papéis, assim poderei dar uma olhada antes de irmos. Ainda são 15h30. *Au revoir*, então.

— *Au revoir* — falou nossa visitante, e, então, com um olhar vivo e gentil para nós, ela pegou a caixinha de pérolas e saiu às pressas. À janela, observei-a descer rapidamente pela rua, até que o turbante cinza e a pluma branca virassem apenas uma mancha na multidão.

— Que mulher atraente! — comentei, olhando para meu parceiro.

Ele acendera o cachimbo mais uma vez e havia se inclinado para trás com suas pálpebras caídas.

— Ela é? — falou languidamente. — Não notei.

— Você realmente é um autômato, uma máquina de calcular! — exclamei. — Há algo positivamente inumano em você às vezes.

Ele sorriu de modo gentil.

— É muito importante — disse — não permitir que seu julgamento seja baseado em qualidades pessoais. Um cliente, para mim, é uma mera unidade, um fator no problema. As características emocionais são antagônicas ao raciocínio lógico. Garanto a você que a mulher mais cativante que já conheci foi enforcada por envenenar três criancinhas pelo dinheiro do seguro de vida, e o homem mais repulsivo que conheço é um filantropo que doou quase um quarto de milhão para os pobres em Londres.

— Mas nesse caso...

— Nunca faço exceções. Uma exceção invalida a regra. Você já teve a chance de estudar a personalidade na escrita? O que diz os garranchos desse camarada?

— É legível e regular — respondi. — Um homem de negócios e personalidade um pouco forte.

Holmes balançou a cabeça.

— Veja essas letras longas — falou. — Elas mal se elevam acima das outras. Aquele *d* pode ser um *a*, e o *l* um *e*. Homens de personalidade sempre diferenciam as letras longas, não importa quão ilegível escrevam. Há irregularidades nos *ks* e segurança nas letras maiúsculas. Sairei agora, tenho alguns afazeres. Recomendo-lhe este livro, um dos mais notáveis já escritos. É *O martírio de um homem*, de Winwood Reade. Voltarei em uma hora.

Sentei-me à janela com o livro na mão, mas meus pensamentos estavam longe das especulações ousadas do autor. Minha mente estava em nossa recente visitante — seu sorriso, o tom de voz profundo e o mistério envolvente e estranho que vivia. Se tinha dezessete anos quando o pai desaparecera, agora teria 27, uma doce idade. É quando a juventude perde a insegurança e torna-se um pouco mais madura pela experiência. Então me acomodei e refleti, até que pensamentos perigosos tomaram minha mente e corri até a escrivaninha mergulhando furiosamente na mais recente dissertação sobre patologia.

Eu não passava de um cirurgião do exército com pernas fracas e conta bancária mais fraca ainda, como ousaria pensar em tais coisas? Ela era uma unidade, um fator... Nada mais. Se meu futuro era negro, era melhor encará-lo como um homem do que tentar abrilhantá-lo com meras ilusões.

3

Em busca de uma solução

Eram 17h30 quando Holmes retornou. Ele estava radiante, motivado e com excelente humor, um estado de ânimo que no seu caso era alternado com surtos de forte depressão.

— Não há grande mistério nesse caso — falou, pegando a xícara de chá que lhe servi. — Só há uma explicação para os fatos.

— O quê?! Já o solucionou?

— Ora, é dizer muito. Descobri um fato sugestivo, e isso é tudo. Mas é, no entanto, *muito* sugestivo. Os detalhes ainda serão revelados. Acabo de descobrir, consultando velhos artigos do *Times*, que o major

Sholto, de Upper Norword, da 34ª Infantaria de Mumbai, morreu em 28 de abril de 1882.

— Posso ser muito obtuso, Holmes, mas não consigo enxergar o que isso sugere.

— Não? Você me surpreende. Veja dessa forma, então. O capitão Morstan desapareceu. A única pessoa que ele poderia ter visitado em Londres era o major Sholto, porém ele nega saber que Morstan estava em Londres. Quatro anos depois, Sholto morre. UMA SEMANA APÓS A MORTE, a filha do capitão recebe um presente valioso, o que se repete ano após ano, e agora culmina em uma carta descrevendo-a como uma mulher injustiçada. Que injustiça seria essa senão a privação do pai? E por que os presentes passaram a ser enviados após a morte de Sholto, a menos que seu herdeiro saiba algo sobre o mistério e desejasse compensá-la? Você tem outra teoria em que os fatos se encaixem?

— Mas que compensação estranha! E feita de maneira igualmente estranha! Por que escrever uma carta agora, e não seis anos atrás? Além disso, a carta fala em fazer justiça. Que justiça ela receberia? Seria muito supor que seu pai ainda esteja vivo. Não há outra justiça, nesse caso, de que se tenha conhecimento.

— Há dificuldades, há algumas dificuldades — disse Sherlock Holmes, pensativo. — Mas nossa expedição desta noite esclarecerá tudo. Ah, uma carruagem aguarda, e a Srta. Morstan está nela. Você está pronto? Devemos descer, pois estamos um pouco atrasados.

Peguei meu chapéu e minha bengala mais pesada, mas observei Holmes pegar seu revólver da gaveta e colocá-lo no bolso. Era óbvio que considerava nosso trabalho daquela noite algo bem sério.

A Srta. Morstan estava agasalhada com um manto escuro, e seu semblante sensível estava sereno, porém pálido. Mesmo com autocontrole perfeito e facilidade ao responder às demais perguntas que Sherlock Holmes fez, ela não seria uma dama se não sentisse certo desconforto pela estranha aventura em que iríamos embarcar.

— Major Sholto era um amigo muito especial de meu pai — disse ela. — Suas cartas eram repletas de alusão ao major. Ele e papai comandavam as tropas nas ilhas Andamão, por isso estavam sempre juntos. Aliás, um papel curioso foi encontrado na escrivaninha de meu pai e ninguém consegue decifrá-lo. Creio que não tenha importância, mas pensei que poderia querer vê-lo, então o trouxe comigo. Aqui está!

Holmes desdobrou o papel com cuidado e o esticou sobre os joelhos. Então, o examinou meticulosamente com sua lente dupla.

— O papel é de fabricação indiana — observou. — Por um tempo, esteve anexado a um mural. O diagrama nele parece ser parte da planta de um grande edifício com halls, corredores e passagens. Em certo ponto há uma cruz feita com tinta vermelha, e sobre ela está "3.37 a partir da esquerda", numa escrita desbotada de lápis. No canto esquerdo há um curioso hieróglifo como quatro cruzes alinhadas pelas extremidades.

Ao lado está escrito, em letras rústicas e grosseiras: "O signo dos quatro — Jonathan Small, Mahomet Singh, Abdullah Khan, Dost Akbar". Não, confesso que não vejo como isso possa ser relevante ao caso, ainda que seja de evidente importância. Foi mantido cuidadosamente numa carteira, pois um lado está tão limpo quanto o outro.

— Foi na carteira dele que encontramos — observou ela.

— Guarde-o com cuidado, Srta. Morstan, pois pode ser útil para nós. Começo a suspeitar que esse caso seja mais profundo e misterioso do que supus. Devo reorganizar minhas ideias.

Holmes recostou-se no assento, e pude ver por sua testa franzida e seu olhar vago que estava absorto em seus pensamentos. Eu e a senhorita Morstan conversamos em tom baixo acerca daquela aventura e de seu possível desfecho, mas nosso companheiro manteve-se reservado até o fim do trajeto.

Era um anoitecer de setembro, antes das 19 horas, de um dia sombrio com uma intensa neblina e garoa caindo sobre a grande cidade. Nuvens escuras pesavam tristemente sobre as ruas enlameadas. Ao longo da calçada os lampiões não passavam de manchas nebulosas dispersando luz, que lançavam fracos lampejos circulares sobre o pavimento escorregadio. O clarão amarelo das vitrines fluía pelo denso e vaporoso ar, e lançava um brilho sombrio e inconstante pela rua lotada. Havia, em minha mente, algo assustador e fantasmagórico no interminável cortejo de rostos que passavam pelos feixes estreitos de luz... Rostos tristes e felizes, abatidos e contentes. Como toda a humanidade, eles apressavam-se da escuridão até a luz, e de volta à escuridão. Não sou do tipo que se impressiona, mas aquele entardecer nublado e pesado e a estranha situação em que estávamos envolvidos me deixaram nervoso e deprimido. Pude ver pelos gestos da Srta. Morstan que ela se sentia igual. Apenas Holmes não se abalava por aquelas influências triviais. Ele segurava seu caderno de anotações sobre os joelhos e de tempos em tempos tomava notas e escrevia dados à luz de sua lanterna de bolso.

No teatro Liceu, a multidão já ocupava as entradas laterais. À frente, uma procissão de carruagens e coches barulhentos deixavam seus passageiros, homens de vestimenta engomada e mulheres de xales e diamantes. Mal chegamos à terceira pilastra, local de nosso encontro, quando um homem baixo e moreno, vestido de cocheiro, nos abordou.

— Vieram com a Srta. Morstan? — perguntou.

— Eu sou a Srta. Morstan, e esses dois cavalheiros são meus amigos — respondeu ela.

Ele lançou um olhar incrivelmente penetrante e questionador para nós.

— Perdoe-me, senhorita — falou com certa persistência —, mas fui instruído a pedir sua palavra de que nenhum de seus companheiros é da polícia.

— Dou-lhe minha palavra — respondeu ela.

Ele soltou um assobio agudo a um jovem árabe de rua que seguiu rumo a uma carruagem e abriu a porta. O homem que nos abordara subiu na boleia, enquanto nos acomodamos no interior. Mal havíamos embarcado quando o cocheiro tocou o cavalo e partimos em ritmo acelerado pelas ruas nebulosas.

A situação era intrigante. Seguíamos para um lugar desconhecido, em missão desconhecida, ou o convite fora completamente falso, o que era uma hipótese inconcebível, ou tínhamos boas razões para acreditar que assuntos importantes dependiam daquela jornada. A expressão da Srta. Morstan era mais severa e contida do que nunca. Esforcei-me em animá-la e entretê-la com lembranças de minhas aventuras no Afeganistão, mas, na realidade, eu mesmo estava tão entusiasmado com a situação e tão curioso quanto ao nosso destino que minhas histórias não eram nada consistentes. Até hoje ela afirma que contei sobre um comovente episódio de quando disparei um filhote de tigre de cano duplo em um mosquete que adentrara minha tenda na calada da noite. A princípio eu tinha alguma noção de para onde seguíamos; porém, devido à velocidade, à neblina e ao meu conhecimento limitado sobre Londres, fiquei desorientado, sabendo apenas que estávamos seguindo para longe. No entanto, Sherlock Holmes nunca errava. Ele murmurava nomes enquanto a carruagem chacoalhava por praças, entrando e saindo de ruas tortuosas.

— Rochester Row — falou. — Agora, Vincent Square. Agora saímos da rua da ponte Vauxhall. Aparentemente estamos indo para a região de Surrey. Sim, foi o que pensei, estamos atravessando a ponte. É possível ter vislumbres do rio.

De fato, avistamos trechos do rio Tâmisa com lâmpadas brilhando sobre as águas profundas e silenciosas, mas a carruagem acelerou e logo seguiu pelo labirinto de ruas do outro lado.

— Rua Wordsworth — disse meu companheiro. — Rua Priory. Travessa Lark Hall, Stockwell Place. Rua Robert. Travessa Cold Harbor. Nossa aventura não parece nos levar a regiões elegantes.

De fato, havíamos chegado a uma vizinhança problemática e hostil. Longas fileiras de casas de tijolos melancólicas eram interrompidas apenas pelo clarão rústico e pelo brilho vulgar das tavernas de esquina. Então passaram fileiras de sobrados, cada um com minijardins na fachada, e depois novas fileiras de intermináveis construções de tijolos — os tentáculos monstruosos que a cidade lançava em direção ao campo. Finalmente a carruagem parou na terceira casa num miradouro novo. Nenhuma das outras casas estava ocupada, e aquela em que paramos estava tão escura quanto suas vizinhas, exceto por um único lampejo vindo da janela da cozinha. Ao batermos, no entanto, a porta foi instantaneamente aberta por um servo hindu de turbante amarelo, roupas brancas e folgadas e uma faixa amarela. Havia algo de extremamente incongruente naquela figura oriental emoldurada no vão da porta comum de uma residência suburbana de terceira categoria.

— O sahib[5] os espera — disse ele e, enquanto falava, ouviu-se uma voz aguda e alta vinda de outro cômodo.

— Traga-os aqui, khitmutgar![6] — exclamou. — Traga-os aqui imediatamente.

---
[5] Termo indiano para designar um mestre, senhor ou amigo. (N.E.)
[6] Garçom indiano. (N.E.)

4

A história do homem calvo

Seguimos o homem indiano até um corredor sórdido e comum, mal iluminado e pessimamente mobiliado, até chegar a uma porta à direita, abrindo-a. Uma luz amarelada jorrou sobre nós, e no centro do clarão estava um homem pequeno com a cabeça bem pontuda, com fios de cabelo ruivo nas laterais, e um escalpo careca e lustroso que se sobressaía entre eles como um pico montanhoso emergindo das florestas. De pé, ele retorcia as mãos e sua expressão estava em constante mudança, ora sorrindo, ora com olhar desconfiado, mas nunca, nem por um instante, tranquila. A natureza lhe dera lábios caídos e dentes visivelmente amarelos e irregulares, que ele tentava esconder a todo momento levando as mãos à parte inferior do rosto. Apesar da notável calvície, aparentava ser jovem. De fato, acabara de completar trinta anos.

— A seu serviço, senhorita Morstan — repetia em voz alta e aguda. — A seu serviço, cavalheiros. Por favor, entrem em meu pequeno santuário. Um lugar pequeno, senhorita, mas decorado a meu gosto. Um oásis de arte no deserto desolado do sul de Londres.

Ficamos impressionados com a aparência do cômodo. Dentro daquela casa de exterior lamentável estava tão deslocado quanto um diamante da mais alta qualidade entre joias de latão. Cortinas e tapeçarias luxuosas e brilhantes cobriam as paredes, amarradas em alguns pontos para expor pinturas valiosas ou vasos orientais. O tapete era preto e âmbar, tão macio e grosso que os pés afundavam agradavelmente nele, como numa cama de musgo. Duas grandes peles de tigre jogadas diante dele remetiam ao luxo oriental, assim como um grande narguilé sobre uma esteira ao canto. Uma lanterna de prata em forma de pomba estava pendurada por um cordão de ouro quase invisível no centro do cômodo. Enquanto queimava, preenchia o ar com um odor aromático.

— Senhor Thaddeus Sholto — disse o homem pequeno, ainda tremendo e sorrindo. — Esse é meu nome. É a Srta. Morstan, claro. E estes cavalheiros?

— Este é o Sr. Sherlock Holmes e este é o Dr. Watson.

— Um médico, hã? — perguntou, entusiasmado. — Trouxe seu estetoscópio? Posso pedir a gentileza de que me examine? Tenho grandes preocupações sobre minha válvula mitral, faria essa bondade?

Posso confiar na aórtica, mas gostaria de sua opinião sobre a mitral.

Escutei seu coração como me pediu, mas não encontrei nada de errado, exceto por ele estar em frenesi de medo, pois tremia da cabeça aos pés.

— Parece normal — falei. — Não há razões para preocupação.

— Perdoe minha ansiedade, Srta. Morstan — acrescentou ele, alegremente. — Sou muito doente, e por um longo tempo tive suspeitas sobre essa válvula. Estou aliviado em saber que estavam erradas. Se seu pai, Srta. Morstan, não exigisse tanto de seu próprio coração, talvez estivesse vivo agora.

Eu seria capaz de acertá-lo bem no rosto, de tão exaltado que fiquei por esse comentário tão desnecessário e insensível sobre um assunto tão delicado. A Srta. Morstan sentou-se e seu rosto empalideceu.

— Eu sabia em meu coração que ele estava morto — disse ela.

— Posso dar-lhe todas as informações — continuou ele —, e mais, posso lhe fazer justiça e o farei independentemente do que meu irmão Bartholomew possa dizer. Estou tão contente por seus amigos estarem aqui, não apenas para acompanhá-la, mas também para testemunhar o que estou prestes a fazer e a dizer. Nós três podemos enfrentar meu irmão Bartholomew. Mas sem estranhos, polícia ou oficiais. Podemos resolver tudo entre nós, sem interferências. Nada o deixaria mais irritado do que publicidade.

Ele sentou-se num sofá baixo e piscava para nós, com seus olhos azuis fracos, questionadores e lacrimejantes.

— De minha parte — disse Holmes —, tudo o que for dito não sairá daqui.

Anuí com a cabeça em concordância.

— Muito bem! Muito bem! — disse ele. — Posso oferecer uma taça de Chianti, Srta. Morstan? Ou Tokay? Não tenho nenhum outro vinho. Devo abrir uma garrafa? Não? Bem, espero que não tenham objeção ao fumo, ao suave odor balsâmico de tabaco do oriente. Estou um pouco nervoso, e considero meu narguilé um valioso calmante.

Ele encaixou o fornilho no vaso, e a fumaça borbulhou alegremente pela água de rosas. Sentamos os três num semicírculo, inclinados para a frente com as mãos no queixo enquanto aquele camarada estranho e pequeno, com sua grande e lustrosa cabeça, fumava incessantemente, soprando fumaça.

— Quando decidi entrar em contato — disse ele —, poderia ter lhe dado meu endereço, mas temi que pudesse, apesar do meu pedido, trazer acompanhantes indesejados. Portanto, tomei a liberdade de marcar um encontro de forma que meu criado Williams pudesse vê-los primeiro. Tenho total confiança em sua discrição e ele tinha instruções para não prosseguir com esse encontro caso ficasse insatisfeito. Perdoem-me tantas precauções, mas sou um homem de gosto discreto, posso até dizer refinado, e não há nada mais inestético do que um policial. Tenho repulsa natural por todas as formas de materialismo bruto e raramente tenho contato com a multidão. Vivo, como podem ver, com certa atmosfera de elegância à minha volta e posso me intitular patrono das artes. É minha fraqueza. A paisagem é um Corot legítimo e, ainda que um especialista possa duvidar daquele Salvator Rosa, não há dúvidas quanto ao Bouguereau. Sou um admirador da escola moderna francesa.

— Perdoe-me, Sr. Sholto — falou a Srta. Morstan —, mas estou aqui a seu pedido, para ouvir o que deseja me dizer. Já é muito tarde e gostaria de que esse encontro fosse o mais breve possível.

— Deverá levar algum tempo — respondeu ele —, pois certamente teremos de ir até Norwood visitar Bartholomew. Devemos partir e tentar extrair o possível dele. Ele está muito zangado comigo pelo caminho que resolvi tomar, o qual acredito ser o certo. Tivemos uma discussão acalorada ontem à noite. Não imaginam quão terrível ele é quando está irritado.

— Se temos de ir até Norwood, deveríamos partir imediatamente — me aventurei a interferir.

Sholto riu até suas orelhas ficarem vermelhas.

— Isso dificilmente funcionaria! — exclamou ele. — Não sei o que ele diria se os levasse de repente. Não, devo prepará-los mostrando como nos apoiaremos. Em primeiro lugar, devo dizer que desconheço vários pontos da história. Só posso apresentar a vocês os fatos que sei. Como podem supor, meu pai era o major John Sholto, ex-membro do exército indiano.

Ele se aposentou onze anos atrás e veio morar em Pondicherry Lodge, em Upper Norwood. Ele havia prosperado na Índia e trouxe com ele uma considerável quantia em dinheiro, uma extensa coleção de artigos valiosos e uma equipe de criados nativos. Com esses benefícios, comprou uma casa e viveu em grande luxo. Eu e meu irmão gêmeo Bartholomew éramos seus únicos filhos.

"Lembro-me bem da sensação causada pelo desaparecimento do capitão Morstan. Lemos os detalhes nos jornais e, sabendo que ele havia sido amigo de nosso pai, conversamos abertamente sobre o caso em sua presença. Ele costumava compartilhar nossas especulações sobre o que poderia ter acontecido. Nunca, nem por um instante, suspeitávamos de que ele guardara todo o segredo em seu coração... Entre todos, ele era o único conhecedor do destino de Arthur Morstan.

"No entanto, sabíamos que algum mistério, certamente perigoso, ameaçava nosso pai. Ele temia sair de casa sozinho, e sempre colocava dois lutadores premiados como guardas em Pondicherry Lodge. Williams, que os conduziu até aqui, era um deles. Ele já fora campeão da categoria peso leve na Inglaterra. Nosso pai nunca diria o que o amedrontava, mas tinha uma aversão notável a homens com perna de pau. Em certa ocasião, atirou contra um homem com perna de pau, um inofensivo comerciante coletando pedidos. Tivemos que pagar uma boa quantia em dinheiro para abafar o caso. Eu e meu irmão pensávamos que aquilo era mera fantasia de meu pai, mas os acontecimentos posteriores nos fizeram mudar de opinião.

A história do homem calvo

"No início de 1882 meu pai recebeu uma carta da Índia que lhe causou grande choque. Ele quase desmaiou na mesa do café ao abri-la e, depois desse dia, adoeceu até a morte. O que havia na carta nunca descobrimos, mas o que pude ver enquanto a segurava é que era breve e escrita em garranchos. Há anos ele sofria de uma dilatação do baço, que rapidamente piorou, e em meados de abril fomos informados de que não havia esperanças e ele nos chamou para despedir-se.

"Quando entramos no quarto, meu pai estava apoiado em travesseiros e respirava pesadamente. Ele implorou para que trancássemos a porta e nos aproximássemos cada um de um lado da cama. Então, agarrando nossas mãos, meu pai fez uma declaração inesquecível, com voz embargada tanto pela emoção quanto pela dor. Tentarei usar as mesmas palavras que ele:

"'Só há uma única coisa', falou ele, 'que pesa em minha consciência neste momento. É o tratamento que dei à pequena órfã Morstan. A maldita ganância, que tem sido meu constante pecado nesta vida, a privou de seu tesouro, ou pelo menos de metade do que lhe era de direito. Eu mesmo não fiz uso dele, por tão cega e tola que é a avareza. O mero sentimento de posse era tão precioso para mim que não pude suportar ter que dividir com alguém. Vejam aquela grinalda de pérolas junto ao frasco de quinino. Até aquilo não consegui dividir, mesmo tendo-a separado justamente para ela. Vocês, meus filhos, darão a ela uma parte justa do tesouro de Agra. Mas não enviem nada, nem mesmo a grinalda, antes que eu parta. Afinal, já vi homens tão doentes como eu que conseguiram se recuperar.'

"'Irei lhes contar como Morstan morreu', continuou ele. 'Por anos, ele sofria do coração, mas ocultou isso de todos. Só eu sabia. Na Índia, nós dois, graças à sorte do destino, nos apoderamos de um tesouro considerável. Eu o trouxe para a Inglaterra, e na noite em que chegou, Morstan veio diretamente aqui buscar sua parte. Ele caminhou até aqui da estação, e foi recebido pelo meu fiel criado, Lal Chowdar, agora morto. Morstan e eu tínhamos opiniões diferentes sobre a divisão do tesouro e começamos a discutir. Morstan saltou da cadeira, manifestando sua raiva, quando de repente apertou a lateral do corpo com a mão, seu rosto escureceu e ele caiu de costas, cortando a cabeça na lateral do baú do tesouro. Ao me inclinar sobre ele, constatei, para o meu horror, que estava morto.'

"'Permaneci sentado durante muito tempo, em choque, pensando no que fazer. Meu primeiro impulso foi, é claro, buscar ajuda, mas não pude deixar de reconhecer que era provável que eu seria acusado de seu assassinato. Aquela morte em um momento de discussão e o corte em sua cabeça eram fatos contra mim. Um processo oficial também revelaria fatos sobre o tesouro, o que eu gostaria muito de manter em segredo. Morstan me dissera que nenhuma alma na face da Terra sabia onde ele estava. Parecia não haver motivos para que alguém descobrisse.'

"'Ainda pensava sobre o assunto, quando olhei para cima e vi meu criado, Lal Chowdar, no vão da porta. Ele entrou e a trancou.'

"'Não tema, sahib', falou. 'Ninguém precisa saber que o senhor o matou. Vamos escondê-lo e ninguém saberá.'

"'Eu não o matei', afirmei. Lal Chowdar balançou a cabeça e sorriu.

"'Eu ouvi tudo, sahib, ouvi a discussão e o golpe. Mas meus lábios são um túmulo. Todos estão dormindo, vamos escondê-lo juntos.'

"'Isso foi o suficiente para me convencer. Se não pude convencer meu próprio criado de minha inocência, como poderia esperar fazê-lo diante de doze tolos numa bancada de júri? Naquela noite, demos fim ao cadáver e em poucos dias os jornais de Londres estavam tomados pelo misterioso desaparecimento do capitão Morstan. Vocês perceberão que, a partir do que eu digo, não posso ser culpado por sua morte. Minha culpa cai sobre o fato de que não só escondemos o corpo, mas também o tesouro, e que me agarrei à metade de Morstan tanto quanto à minha. No entanto, desejo restituí-la. Cheguem mais perto para ouvir: o tesouro está escondido...'

"Naquele momento, sua expressão sofreu uma mudança horrível; seus olhos se arregalaram, o queixo caiu e ele gritou num tom que jamais esquecerei.

"'Não o deixem entrar, pelo amor de Deus, não o deixem entrar!'

"Eu e meu irmão nos viramos para a janela atrás de nós, onde ele fixara o olhar. Um rosto nos observava pela escuridão. Pudemos ver a marca branca onde o nariz estava pressionado contra o vidro. Ele era barbudo, com rosto peludo, olhos selvagens e cruéis e expressão concentrada com malevolência. Corremos até a janela, mas o homem havia sumido. Quando retornamos para junto de meu pai, sua cabeça caíra e seu pulso não tinha mais batimentos.

"Naquela noite, procuramos pelo jardim, porém não havia nem sinal do invasor, salvo por uma única marca de pegada no canteiro de flores debaixo da janela. Se não fosse por aquele único resquício, poderíamos pensar que nossa imaginação havia criado aquele rosto feroz e selvagem. Contudo, em breve teríamos uma nova e surpreendente prova de que forças secretas atuavam ao nosso redor. Na manhã seguinte, a janela do quarto de meu pai fora encontrada aberta, os armários e as gavetas haviam sido revirados e em seu peito estava fixado um pedaço de papel, com as palavras rabiscadas: 'O signo dos quatro'. O que significava a frase ou quem era o visitante secreto, nós nunca soubemos. Até onde pudemos verificar, nenhuma das propriedades de meu pai foi de fato roubada, apesar de tudo ter sido revirado. Eu e meu irmão associamos aquele incidente peculiar ao medo que assombrou meu pai durante sua vida, e que ainda é um mistério completo para nós."

A história do homem calvo

O homenzinho parou para reacender o narguilé e fumou pensativamente por algum tempo. Permanecemos sentados, absortos, escutando aquela narrativa extraordinária. Perante o breve relato da morte do pai, a Srta. Morstan ficara muito pálida, e por um momento temi que desmaiasse. No entanto, recuperou-se ao tomar um copo de água que servi com cuidado, de um jarro veneziano que estava na mesinha de canto. Sherlock Holmes recostou-se na cadeira com uma expressão abstrata e as pálpebras enrugadas sobre seus olhos cintilantes. Ao observá-lo não pude deixar de recordar que, naquele mesmo dia, ele reclamara amargurado sobre a vida monótona. Ali, ao menos, havia um problema que exigiria sua sagacidade ao máximo. O Sr. Thaddeus Sholto nos olhou com certo orgulho do efeito que a história havia causado, e então continuou, entre as baforadas de seu narguilé.

— Eu e meu irmão — disse ele — ficamos, como podem imaginar, muito empolgados pelo tesouro que meu pai mencionara. Por semanas e meses, escavamos e analisamos cada canto do jardim, sem descobrir sua localização. Era enlouquecedor pensar que o esconderijo seria revelado pouco antes de sua morte. Pela grinalda, podíamos julgar o esplendor das riquezas escondidas e foi por ela que discutimos. As pérolas eram obviamente de grande valor, e meu irmão era contra desfazer-se delas, pois, aqui entre nós, meu irmão puxou um pouco o defeito de meu pai. Ele também pensou que se nos desfizéssemos dela, isso levantaria especulações e nos traria problemas. Consegui convencê-lo a me deixar encontrar o endereço da Srta. Morstan e enviar uma pérola avulsa de tempos em tempos, para que ela pelo menos nunca ficasse desamparada.

— Foi uma ideia gentil — disse nossa companheira, honestamente. — Foi de extrema bondade sua.

O pequeno homem acenou com a mão, desaprovando.

— Éramos seus tutores — declarou ele. — Foi assim que vi a situação, mesmo que meu irmão não pensasse igual. Nós mesmos tínhamos muito dinheiro e eu não desejava mais. Além disso, seria de péssimo gosto tratar uma jovem senhorita de maneira tão desprezível. Os franceses têm uma forma precisa ao expressar essas coisas: *Le mauvais gout mene au crime*[7]. Nossa diferença de opinião levou o assunto tão longe que me fez concluir que seria melhor morar sozinho; e parti de Pondicherry Lodge, levando o velho khitmutgar e Willians comigo. Porém, ontem soube de um acontecimento de extrema importância. O tesouro fora encontrado. Imediatamente comuniquei-me com a Srta. Morstan e só restaria ir até Norwood reivindicar nossa parte. Ontem à noite expus a meu irmão Bartholomew meu ponto de vista, de modo que seremos aguardados, quiçá bem-vindos.

O Sr. Thaddeus Sholto calou-se e sentou-se no sofá luxuoso. Permanecemos em silêncio, pensando nos novos rumos que o misterioso caso tomara. Holmes foi o primeiro a se levantar.

---

[7] O mau gosto leva ao crime. (N.E.)

— Agiu bem, senhor, do início ao fim — disse ele. — Talvez possamos lhe dar algum auxílio esclarecendo melhor o que ainda é desconhecido para você. Mas, como a Srta. Morstan havia acabado de dizer, é tarde, e é melhor não postergarmos o assunto.

Nosso novo conhecido enrolou com cuidado a mangueira do narguilé e retirou detrás de um reposteiro um sobretudo com golas e punhos de astracã. Ele o abotoou até o pescoço, apesar de a noite estar abafada, e finalizou sua vestimenta com um gorro de pele de coelho com lapelas pendentes que cobriam as orelhas, para que nenhuma parte de seu corpo ficasse visível, exceto seu rosto inconstante e frágil.

— Minha saúde é um pouco debilitada — afirmou ele, enquanto nos guiava até o corredor. — Sou forçado a ser um valetudinário.

Nossa carruagem aguardava lá fora, e a rota era obviamente prevista, já que o motorista seguiu a galopes rápidos. Thaddeus Sholto falava incessantemente e sua voz sobrepunha-se ao barulho das rodas.

— Bartholomew é um camarada inteligente — disse. — Como acham que descobriu a localização do tesouro? Ele concluiu que estava em algum lugar dentro da casa, então estudou cada metro cúbico e mediu todos os cantos para que nenhum centímetro ficasse para trás. Entre outras coisas, meu irmão descobriu que o prédio tinha vinte e dois metros e meio de altura, mas ao somar o pé-direito de todos os pavimentos, considerando o espaço entre eles por meio de perfurações, o total não passava de vinte e um metros e trinta centímetros, concluindo que havia um metro e vinte centímetros não contabilizados que só poderiam estar no topo da construção. Bartholomew fez um buraco no teto de taipa do cômodo mais alto e lá, certamente, encontrou outro pequeno sótão, que havia sido selado e era desconhecido de todos. No centro estava a arca do tesouro, acomodada sobre duas vigas. Ele a desceu pelo buraco e lá ainda está. Calculou-se que o valor das joias não é menos que meio milhão de libras esterlinas.

Ante a menção daquela enorme fortuna, todos nos encaramos de olhos arregalados. Se garantíssemos seus direitos, a Srta. Morstan passaria de uma simples governanta à herdeira mais rica da Inglaterra. Como um amigo leal, era certo me alegrar com tal notícia, mas envergonha-me dizer que o egoísmo tomou minha alma, deixando meu coração pesado como chumbo. Balbuciei algumas hesitantes palavras de congratulações e permaneci abatido, de cabeça baixa, surdo ao falatório de nosso novo conhecido. Thaddeus era um hipocondríaco assumido, e eu tinha vaga consciência que ele mencionava uma série de sintomas, implorando informações sobre a composição e o efeito de medicamentos fitoterápicos, alguns deles até carregados em um estojo de couro em seu bolso. Espero que não se recorde de nenhuma das respostas que lhe dei naquela noite. Holmes afirma que ouviu-me alertá-lo sobre os riscos de tomar mais de duas gotas de óleo de rícino, além de recomendar estricnina em grandes doses como sedativo. De todo modo, senti certo alívio quando a carruagem parou com um solavanco e o cocheiro saltou para abrir a porta.

— Esta, Srta. Morstan, é Pondicherry Lodge — disse o Sr. Thaddeus Sholto, ajudando-a descer.

5

A tragédia em Pondicherry Lodge

Eram quase 23h quando chegamos à parada final de nossa aventura noturna. Deixamos para trás a densa neblina da grande cidade e a noite estava linda. Uma brisa morna soprava do oeste e nuvens pesadas moviam-se lentamente pelo céu, com uma meia-lua aparecendo entre elas. Havia claridade o suficiente para se enxergar até certa distância, mas Thaddeus Sholto iluminou nosso caminho com uma das lanternas laterais da carruagem.

Pondicherry Lodge estava no centro da propriedade e era cercada por um muro alto de pedra com cacos de vidro em cima. Um portão estreito fixado com ferro era o único meio de acesso. Nosso guia bateu uma única vez, característica dos carteiros.

— Quem está aí? — gritou uma voz rouca lá de dentro.

— Sou eu, McMurdo. A esta altura já deve reconhecer minha batida.

Ouvimos um resmungo e o tilintar agudo das chaves. O portão se abriu lentamente e um homem baixo e robusto permaneceu na entrada, com a luz amarela da lanterna iluminando seu rosto protuberante e seus olhos cintilantes e desconfiados.

— É você, Sr. Thaddeus? Mas quem são os outros? O patrão não me deu ordens a respeito deles.

— Não, McMurdo? Que surpresa! Ontem à noite eu disse ao meu irmão que talvez trouxesse alguns amigos.

— Ele não deixou seus aposentos hoje, Sr. Thaddeus, e não tenho permissão. Sabe bem que devo seguir as normas. Posso deixá-lo entrar, porém seus amigos devem ficar onde estão.

Aquele era um obstáculo inesperado. Thaddeus Sholto olhou para ele de modo perplexo e impotente.

— Você está errado, McMurdo! — disse. — Se estou garantindo, isso basta. Há uma jovem senhorita aqui, não podemos deixá-la aguardando em uma via pública a esta hora.

— Perdão, Sr. Thaddeus — falou o porteiro, implacável. — Eles podem ser seus amigos, mas não do patrão. Sou pago para cumprir o meu dever e o farei. Não reconheço nenhum deles.

— Ah, sim, conhece sim, McMurdo — exclamou Sherlock Holmes, genialmente. — Não creio que tenha se esquecido de mim. Não se recorda do amador que lutou três rounds a seu lado nos salões Alison, há quatro anos?

— Ora, mas é o Sr. Sherlock Holmes! — berrou o antigo lutador. — Por Deus! Como não o reconheci? Se ao invés de ficar parado aí tão quieto o senhor tivesse avançado e me dado um dos seus cruzados no queixo, eu o teria reconhecido sem sombra de dúvida. Ah, você desperdiçou os talentos que tinha! Teria ido longe se tivesse seguido carreira.

— Veja, Watson, se nada der certo, ainda tenho a oportunidade de seguir uma profissão científica — disse Holmes, rindo. — Nosso amigo não nos deixará aqui no frio, tenho certeza.

— Vamos entrar, senhor, vamos entrar... Seus amigos também — respondeu ele. — Perdão, Sr. Thaddeus, mas as ordens são restritas. Tinha que me certificar sobre seus amigos antes de deixá-los entrar.

No interior, uma trilha de cascalho marcava o terreno irregular até a grande área da casa, quadrada e prosaica, mergulhada nas sombras salvo onde o luar reluzia em certos cantos e refletia na janela de um sótão. A imensidão do local, com sua escuridão e silêncio mortal, dava calafrios. Até Thaddeus Sholto parecia pouco à vontade, e a lanterna tremia e chacoalhava em sua mão.

— Não compreendo — falou Sholto. — Deve haver algum engano. Eu disse ao Bartholomew que viríamos aqui e ainda assim não há luz em sua janela. Não sei o que pensar.

— Ele sempre mantém a propriedade vigiada dessa forma? — perguntou Holmes.

— Sim, seguiu os hábitos de meu pai. Era o filho preferido, e às vezes penso que meu pai contou mais coisas a ele que a mim. Aquela lá em cima é a janela de Bartholomew, onde o luar ilumina. Tem claridade, mas acho que não há luz interna.

— Nenhuma — disse Holmes. — Mas vejo um brilho de luz na pequena janela ao lado da porta.

— Sim, é o quarto da governanta, onde fica a velha Sra. Bernstone. Ela pode nos explicar tudo. Talvez não se incomodem de aguardar aqui por um minuto ou dois, pois se formos juntos ela pode se assustar. Mas, silêncio! O que foi isso?

Ele ergueu a lanterna, e as mãos sacudiam até os círculos de luz balançarem e piscarem à nossa volta. A senhorita Morstan agarrou meu pulso, e todos permanecemos quietos com o coração palpitando e os ouvidos atentos. Da casa grande e escura soou, pelo silêncio da noite, o som mais triste e lamentável de todos... A lamúria estridente e sofrida de uma mulher assustada.

— É a Sra. Bernstone — disse Sholto. — É a única mulher na casa. Esperem aqui. Voltarei num minuto.

Ele correu até a porta e bateu de forma diferente. Pudemos ver uma velha alta o recebendo, brandindo de alegria ao vê-lo.

— Oh! Sr. Thaddeus, estou tão feliz que esteja aqui! Estou tão feliz que esteja aqui, Sr. Thaddeus!

A tragédia em Pondicherry Lodge

Escutamos suas reiteradas exclamações até que a porta se fechou e sua voz ficou abafada num tom monótono.

Nosso guia deixara a lanterna. Holmes apontou-a ao redor, examinando atentamente a casa e os grandes montes de terra espalhados pela propriedade. Eu e a Srta. Morstan permanecemos juntos, de mãos dadas. Que coisa maravilhosa e delicada é o amor: duas pessoas então desconhecidas, sem jamais terem tido nenhum contato ou olhar afetivo, cá estão, buscando juntar as mãos instintivamente em um momento de perigo. Desde então fico admirado, mas naquele momento a minha aproximação parecia tão natural e, como ela me disse diversas vezes, havia nela também um instinto de me procurar para conforto e proteção. Então permanecemos de mãos dadas, como duas crianças, e sentíamos paz diante da escuridão que nos cercava.

— Que lugar estranho! — falou ela, olhando ao redor.

— Parece que todas as toupeiras da Inglaterra foram soltas aqui. Vi algo parecido na encosta de um morro próximo a Ballarat, onde garimpeiros trabalhavam.

— E pela mesma razão — disse Holmes — estes são rastros de caçadores de tesouros. Lembre-se de que estão na busca há seis anos. Não é à toa que o terreno parece uma mina de cascalho.

Naquele momento, a porta se abriu de repente e Thaddeus Sholto saiu correndo, com as mãos estendidas e olhar aterrorizado.

— Há algo errado com Bartholomew! — bradou. — Estou assustado! Meus nervos não aguentam.

De fato, ele estava quase chorando de medo, e seu rosto fraco e tenso espiava sob o grande colarinho de astracã com a expressão de uma criança apavorada.

— Vamos entrar — disse Holmes, com firmeza.

— Sim, entrem! — pediu Thaddeus Sholto. — Realmente não estou em condições de dar instruções.

Todos nós o seguimos até o quarto da governanta, que ficava do lado esquerdo do corredor. A velha senhora caminhava de um lado para o outro com olhar apavorado e dedos inquietos, mas ver a Srta. Morstan pareceu acalmá-la.

— Deus abençoe sua expressão calma! — exclamou ela, com soluços histéricos. — Me faz bem vê-la. Ah, passei por momentos difíceis hoje!

Nossa companheira a afagou com sua mão fina e calejada e murmurou algumas palavras de conforto que trouxeram cor de volta ao rosto dela.

— O patrão se trancou e não me responde — explicou. — Passei o dia todo esperando que me chamasse, pois ele gosta de ficar sozinho, mas uma hora atrás temi que algo estivesse errado, então fui até lá e espiei pelo buraco da fechadura. Vá até lá, Sr. Thaddeus, veja você mesmo. Já vi o Sr. Bartholomew Sholto na alegria e na tristeza por dez anos, mas nunca o vi com aquela expressão.

Sherlock Holmes pegou a lanterna e iluminou o caminho, pois Thaddeus Sholto tremia até os dentes. Ele estava tão abalado que tive de pôr a mão sob seu braço enquanto subíamos as escadas, pois seus joelhos tremiam. Por duas vezes, enquanto subíamos, Holmes retirou as lentes do bolso e examinou cuidadosamente o que, para mim, pareciam meras manchas de poeira no tapete de fibras de coco que forrava a escada. Ele subia lentamente degrau por degrau, segurando a lanterna e lançando olhares intensos para a direita e esquerda. A Srta. Morstan ficou para trás com a governanta assustada.

O terceiro lance de escadas terminara num corredor reto e longo, com um grande quadro de tapeçaria indiana à direita e três portas à esquerda. Holmes seguiu adiante da mesma maneira lenta e metódica, enquanto continuávamos atrás, com nossas sombras escuras e longas projetadas pelo corredor. Fomos até a terceira porta. Holmes bateu, mas sem resposta, então tentou girar a maçaneta e abri-la à força. No entanto estava trancada por dentro por um trinco grande e forte, como pudemos ver com ajuda da lanterna. Como a chave fora virada, o buraco não estava totalmente coberto. Sherlock Holmes se inclinou para olhar e no mesmo instante levantou-se, inspirando bruscamente.

— Há algo diabólico nisso, Watson — falou ele, mais abalado do que nunca. — O que você acha?

Olhei pelo buraco e recuei em terror. O luar inundava o cômodo, deixando-o claro, com um vago e mutável brilho. Olhando diretamente para mim, e aparentando estar suspenso no ar, já que tudo sob ele estava em sombras, pendia um rosto... Exatamente o rosto de nosso companheiro Thaddeus. Lá estava a mesma cabeça pontuda e lustrosa, com a mesma lateral coberta de cabelo ruivo, e o mesmo rosto pálido. Entretanto, seus traços estavam congelados num sorriso horripilante, com expressão fixa e antinatural que, naquele cômodo parado e enluarado, era mais assustador que qualquer carranca ou careta. Era tão parecido com o rosto de nosso pequeno amigo que olhei ao redor para me certificar de que, de fato, ele ainda estava lá. Então lembrei-me de que havia falado que seu irmão e ele eram gêmeos.

— Isso é terrível! — falei a Holmes. — O que devemos fazer?

— Vamos derrubar a porta — respondeu, saltando contra ela, e forçando todo seu peso contra a fechadura.

Ela rangeu, mas não abriu. Tentamos juntos arrombá-la novamente e, dessa vez, com um estalo rápido estávamos dentro do quarto de Bartholomew Sholto.

O lugar parecia funcionar como um laboratório. Uma fileira dupla de frascos de vidro alinhava-se na parede em frente à porta, e a mesa estava coberta de bicos de Bunsen, tubos de ensaio e balões de fundo chato. Ao canto ficavam garrafões de ácido em cestas de vime. Um deles parecia vazar ou estava quebrado, pois um fluxo de líquido escuro gotejava dele e o ar estava pesado e um tanto pungente, com odor similar ao de alcatrão. Havia uma pequena escada de um lado do cômodo, em meio ao acúmulo de ripas e gesso, e, sobre elas, uma abertura no teto, grande o suficiente para que um homem entrasse. Uma corda longa estava jogada, descuidadamente, ao pé da escada.

Junto à mesa, em uma cadeira de madeira, o dono da casa estava sentado desconjuntado, com a cabeça afundada sobre o ombro esquerdo, com aquele sorriso inescrutável e pavoroso no rosto. Estava rígido e frio, e claramente morto havia horas. Pareceu-me que não apenas seu rosto, mas todos os seus membros estavam contraídos e posicionados da maneira mais assustadora. Em sua mão sobre a mesa estava um instrumento peculiar... Um cabo marrom e sólido, com uma cabeça de pedra, como de um martelo, grosseiramente amarrado com um barbante largo. Ao lado dele estava uma folha de papel de carta com algumas palavras rabiscadas. Holmes passou os olhos sobre ela e me entregou.

— Veja — falou ele, levantando a sobrancelha.

Com a luz da lanterna, li estremecido de terror: "O signo dos quatro".

— Por Deus! O que significa tudo isso? — perguntei.

— Foi um assassinato — disse ele, aproximando-se do cadáver.

— Ah, era o que temia. Vejam! — falou, apontando para o que parecia um espinho comprido e escuro, cravado na pele, pouco acima da orelha.

— Parece um espinho — observei.

— É um espinho. Você pode retirá-lo, mas com cuidado, pois é venenoso.

Eu o segurei entre o indicador e o polegar. Saiu da pele tão facilmente que mal deixara marca. Uma minúscula gota de sangue apareceu no lugar da perfuração.

— Isto é um mistério insolúvel para mim — falei. — Fica cada vez mais sombrio.

— Ao contrário — respondeu ele —, está cada vez mais claro. Faltam apenas alguns pontos para ligar todo o caso.

Quase nos esquecemos de nosso companheiro desde que havíamos entrado no cômodo. Ele ainda permanecia na entrada da porta, e era a própria visão do terror, apertando as mãos e gemendo consigo mesmo. Porém, ele subitamente soltou um grito agudo, lamuriento.

— O tesouro desapareceu! — disse ele. — Roubaram o tesouro! Aquele é o buraco por onde o retiramos. Eu o ajudei a fazer isso! Fui a última pessoa que o viu! Deixei-o aqui ontem à noite, e o ouvi trancar a porta enquanto descia as escadas.

— Que horas eram?

— Eram dez horas. Agora ele está morto, a polícia será chamada e serei suspeito de participação no caso. Ah, sim, com certeza serei. Mas vocês não pensam assim, não é, cavalheiros? Certamente não pensam que fui eu! Nesse caso, é plausível que eu os tivesse trazido aqui se fosse culpado? Oh, céus! Oh, céus! Vou enlouquecer!

Thaddeus sacudia os braços e batia os pés numa espécie de frenesi convulsivo.

— Não há razão para temer, Sr. Sholto — disse Holmes gentilmente, colocando a mão em seu ombro. — Siga meu conselho e vá até o distrito policial relatar o caso à polícia. Disponha-se cooperar totalmente com o caso e iremos aguardá-lo aqui.

O pequeno homem obedeceu ainda estupefato, e o ouvimos tropeçando escada abaixo na escuridão.

6

Sherlock Holmes faz uma demonstração

— Agora, Watson — disse Holmes, esfregando as mãos —, temos meia hora. Vamos fazer bom uso dela. Meu caso, como lhe disse, está quase resolvido, mas não podemos pecar por excesso de confiança. Por mais simples que pareça, pode haver algo mais profundo sobre ele.

— Simples! — comentei.

— Certamente — falou, com ares de um professor técnico respondendo aos alunos. — Agora sente-se ali para que suas pegadas não compliquem o caso. Ao trabalho! Em primeiro lugar, como estes camaradas entraram e como partiram? A porta não fora aberta desde ontem à noite. Pela janela?

Ele mirou a lanterna em sua direção, resmungando suas observações em voz alta, falando mais consigo mesmo do que comigo.

— A janela está fechada por dentro, moldura sólida. Nenhuma dobradiça lateral. Vamos abri-la. Nenhuma tubulação próxima. Telhado fora de alcance. Ainda assim, um homem entrou por ela. Choveu um pouco ontem à noite. Aqui há uma mancha de pegada com barro sobre o parapeito. Aqui, uma marca de lama circular, e aqui, novamente no chão, e novamente na mesa. Veja, Watson! Esta é uma bela prova.

Observei os pequenos círculos de lama, bem definidos.

— Isso não é uma pegada — falei.

— Isso é algo muito mais valioso para nós. É a marca de uma perna de pau. Veja aqui no parapeito, há uma marca de bota, uma bota pesada com um grosso salto de laterais de metal, e, ao lado, a marca de uma ponta de madeira.

— É o homem da perna de pau.

— Provavelmente. Mas alguém mais esteve aqui... Um aliado muito hábil e eficiente. Poderia escalar aquela parede, doutor?

Olhei pela janela aberta. A lua ainda brilhava forte naquele ângulo da casa. Estávamos a uns bons dezoito metros do chão, e olhando onde quer que fosse, não pude ver nenhum apoio para os pés, tampouco uma fissura na parede de tijolos.

— É absolutamente impossível — respondi.

— Sem auxílio, é. Mas suponha que tenha um amigo aqui em cima que lhe lançasse aquela corda resistente que vejo ali no canto, prendendo a ponta àquele enorme gancho na parede. Nesse caso, creio eu, que se fosse um homem ágil, conseguiria escalar, com perna de pau e tudo. Logo sairia da mesma maneira que entrou, e seu comparsa recolheria a corda, depois de desatá-la do gancho, fecharia a janela, trancando-a por dentro e partiria da mesma maneira que chegou. Um pequeno detalhe a ser notado — continuou ele, manuseando a corda — é que nosso pequeno amigo de perna de pau, ainda que bom em escalada, não era marinheiro profissional. Suas mãos não eram nada calejadas. Minha lente mostra mais de uma marca de sangue, especialmente no fim da corda, do que deduzo que ele escorregou em tal velocidade que feriu as mãos.

— Tudo isso é ótimo — falei —, mas as coisas estão mais intangíveis do que nunca. E esse misterioso comparsa? Como entrou no cômodo?

— Sim, o comparsa! — repetiu Holmes, pensativamente. — Há características interessantes sobre esse aliado. Ele tira o caso do comum. Imagino que desbrave um novo território na história do crime deste país... embora haja casos paralelos na Índia e, se não me falha a memória, Senegâmbia.

— Então como ele entrou? — reiterei. — A porta está trancada, a janela, inacessível. Foi pela chaminé?

— A lareira é muito pequena — respondeu —, já tinha considerado essa possibilidade.

— Então como? — insisti.

— Você não está aplicando meu princípio — falou, balançando a cabeça. — Quantas vezes eu já lhe disse que, quando se descarta o impossível, aquilo que sobra, *por mais improvável que seja*, deve ser o certo? Sabemos que não foi pela porta, janela ou chaminé. Sabemos também que não poderia estar escondido no cômodo, não há esconderijo possível. Por onde entrou, então?

— Pelo buraco no teto! — concluí.

— Claro que sim, só pode ter sido. Poderia por gentileza segurar a lanterna para mim, devemos estender nossas pesquisas ao cômodo acima. O quarto secreto onde o tesouro fora encontrado.

Holmes subiu os degraus e, agarrando a viga com ambas as mãos, lançou-se para o sótão. Depois, deitado de bruços, estendeu a mão para pegar a lanterna e a segurou enquanto eu o seguia.

O cômodo em que estávamos media três metros por um. O chão era feito de caibros, com tábuas finas e gesso entre elas, de tal maneira que era preciso caminhar de ripa em ripa. O teto se elevava até o ápice e era claramente o forro interior do verdadeiro telhado da casa. Não havia móveis de nenhum tipo, e a poeira acumulada de anos cobria o chão.

— Veja, aqui está — disse Sherlock Holmes, colocando as mãos contra a parede inclinada. — Isto é um alçapão que dá para o telhado. Posso empurrá-lo e aqui está o telhado, inclinado num ângulo sutil. Esse então é o caminho por onde o Número Um entrou. Vamos ver se encontramos outros vestígios particulares.

Ele apontou a lanterna para o chão, e enquanto o fazia, vi, pela segunda vez naquela noite, um olhar assustado e alarmado surgir em seu rosto. Quanto a mim, ao acompanhar a direção de seu olhar, minha pele ficou gelada. O chão estava coberto com marcas de um pé descalço; uma pegada precisa, definida e perfeitamente marcada, porém mal chegavam à metade do tamanho das de um homem comum.

— Holmes — falei, sussurrando —, uma criança fez essa atrocidade.

Ele se recompôs logo em seguida.

— Fiquei abalado por um momento — disse ele —, mas isso é bem natural. Minha memória falhou, ou deveria ter previsto isso. Não há nada mais a descobrir aqui, vamos descer.

— Então, qual sua teoria acerca das pegadas? — perguntei, aflito, quando retornamos ao cômodo inferior.

— Meu caro Watson, tente analisar um pouco — disse ele, com um toque de impaciência. — Conhece meus métodos. Aplique-os e será instrutivo comparar resultados.

— Não consigo pensar em nada que abranja todos os fatos — respondi.

— Em breve ficará claro para você — falou ele, em tom brusco. — Acredito que não há mais nada de relevância aqui, mas vou verificar.

Pegou suas lentes e a fita métrica, percorrendo o quarto apressadamente. De joelhos, ele media, comparava e examinava, com o nariz comprido e fino a poucos centímetros do chão e olhos redondos, intensos como de um pássaro, cintilando. Seus movimentos eram tão rápidos, silenciosos e furtivos como de um cão de caça treinado buscando pistas que não pude deixar de pensar que criminoso terrível seria se tivesse voltado sua energia e sagacidade contra a lei em vez de usá-las para ajudar. Enquanto continuava a busca, murmurando para si mesmo, ele finalmente soltou um sonoro grito de satisfação.

— Estamos com sorte — disse ele —, não teremos mais trabalho agora. O Número Um teve o azar de pisar em creosoto. É visível o contorno do pequeno pé aqui, ao lado dessa fedorenta bagunça. O garrafão rachou, veja só, e o líquido vazou.

— E então? — perguntei.

— Ora, nós o pegamos, só isso — respondeu ele. — Conheço um cão que seguiria esse cheiro até o fim do mundo. Se uma matilha pode seguir o rastro de um arenque por todo um condado, até onde um cão de caça, especialmente treinado, seguiria esse odor tão pungente? Isso parece um problema de regra de três. A resposta deve nos dar o... Mas ouça! Aí vêm os representantes da lei.

Passos pesados e o ruído de vozes altas ouviam-se lá de baixo, e a porta do saguão bateu com um estrondo.

— Antes de chegarem — disse Holmes —, apenas coloque sua mão no braço desse pobre sujeito, e aqui em sua perna. O que sente?

— Os músculos estão duros como tábua — respondi.

— Exatamente. Estão em estado de extrema contração, bem além do *rigor mortis* comum. Junto a essa distorção facial, e esse sorriso hipocrático ou *risus sardonicus*, como os velhos escritores chamavam, que conclusão vem à sua mente?

— Morte causada por algum poderoso alcaloide vegetal? — respondi. — Alguma substância similar à estricnina que produziria tétano.

— Essa foi a ideia que me veio à mente assim que vi os músculos repuxados do rosto. Já dentro do cômodo, vi por onde o veneno entrara no sistema. Como viu, descobri o espinho que foi fincado ou lançado sem esforço no couro cabeludo. Se o homem estivesse ereto em sua cadeira, você veria que o local atingido seria justamente aquele voltado em direção ao buraco no teto. Agora, examine o espinho.

Eu o segurei cautelosamente sob a luz da lanterna. Era longo, afiado e preto, com um brilho na ponta, como se alguma substância viscosa tivesse secado sobre ele. A outra extremidade havia sido aparada e arredondada com uma faca.

— É um espinho inglês? — perguntou ele.

— Não, certamente não.

— Com todas essas informações você seria capaz de chegar a uma conclusão correta. Mas como as forças regulares aqui, as auxiliares podem bater em retirada.

Enquanto falava, os passos que se aproximavam soavam alto no corredor, e um homem de terno cinza, muito robusto e imponente entrou no quarto. Tinha o rosto corado, era corpulento e pilórico, com um par de olhos minúsculos que piscavam muito, e olhava por cima das bolsas inchadas nas olheiras. Era seguido de perto por um inspetor de uniforme, e pelo ainda trêmulo Thaddeus Sholto.

— Eis aqui o caso! — falou ele, em tom abafado e rouco — Um verdadeiro caso! Mas quem são esses? Ora, a casa está mais cheia do que uma coelheira.

— Creio que se lembra de mim, Sr. Athelney Jones — disse Holmes, calmamente.

— Ora, claro que sim! — falou, ofegante. — É Sherlock Holmes, o teorista. Lembro-me de você! Nunca esquecerei o que nos ensinou sobre causas, conclusões e efeitos no caso da joia de Bishopgate. Certamente nos colocou no caminho certo, mas agora há de confessar que foi mais sorte do que bons ensinamentos.

— Foi um caso de raciocínio simples.

— Ora, vamos, vamos! Não tenha vergonha de assumir. Mas e tudo isso aqui? Caso complicado! Fatos objetivos... Sem espaço para teorias. Que sorte eu estar em Norwood em outro caso! Estava na delegacia quando recebi a mensagem. Do que acha que este homem morreu?

— Ah, esse não é um caso para teorias — respondeu Holmes, ironicamente.

— Não, não. Ainda assim, não podemos negar que às vezes você acerta em cheio. Meu Deus! Porta trancada, pelo que entendi. Joias que valem meio milhão, levadas. Como estava a janela?

— Trancada, mas há pegadas no parapeito.

— Ora, ora, se estava trancada, as pegadas não têm relação com o caso. Isso é lógico. Ele pode ter tido um mal súbito, mas há joias desaparecidas. Opa! Tenho uma teoria. Estas epifanias me ocorrem de vez em quando. Retire-se por um momento, sargento, e vá com ele, Sr. Sholto. Seu amigo pode ficar. O que acha, Holmes? Sholto confessou que esteve com seu irmão ontem à noite. O irmão teve um mal súbito, logo, Sholto partiu levando o tesouro, o que você acha?

— E logo depois o defunto, muito atenciosamente, levantou-se e trancou a porta por dentro.

— Hum, há uma falha aí. Vamos usar a lógica nesse caso. Esse Thaddeus Sholto *esteve* com seu irmão e *houve* uma discussão, até onde sabemos. O irmão está morto e as joias, desaparecidas. Isso é tudo o que sabemos. Ninguém viu o irmão desde que Thaddeus o deixou. Sua cama não foi desfeita. Thaddeus está obviamente transtornado. Sua aparência, ora… Não está nada boa. Como pode ver, estou tecendo minha teia em torno de Thaddeus. A rede começa a se fechar sobre ele.

— Você ainda não conhece todos os fatos — disse Holmes. — Essa farpa de madeira, que tenho razões para crer que esteja envenenada, estava cravada no couro cabeludo do homem, onde ainda é possível ver a marca; este cartão, como você o vê, estava na mesa, e ao lado estava esse curioso instrumento com ponta de pedra. Como tudo isso se encaixa na sua teoria?

— Confirma-a em cada aspecto — disse pomposamente o detetive gordo. — A casa está repleta de artigos indianos. Thaddeus mencionou isso, e se essa farpa está envenenada, ele pode tê-la usado, como qualquer outro homem. O cartão é um truque... Um disfarce, provavelmente. A única questão é: como ele saiu? Ah, claro, ali está um buraco no teto.

Com muita agilidade, considerando seu tamanho, ele subiu os degraus e espremeu-se para entrar no sótão, e logo depois escutamos sua voz exultante proclamando que havia encontrado o alçapão.

— Ele pode descobrir algo — observou Holmes, encolhendo os ombros. — Tem momentos de razão ocasionais. *Il n'y a pas des sots si incommodes que ceux qui ont de l'esprit!*[8]

— Veja! — disse Athelney Jones, descendo a escada. — Fatos são melhores que meras teorias, afinal. Minha visão sobre o caso foi confirmada. Há um alçapão que leva ao telhado, e está parcialmente aberto.

— Fui eu quem o abriu.

— Ah, de fato! Você o notou então?

Ele pareceu um pouco decepcionado com aquela revelação.

---

[8] Não há tolos tão incômodos quanto os que têm espírito. (N.E.)

— Bem, independentemente de quem o notou, ele mostra como o nosso cavalheiro escapou. Inspetor!

— Sim, senhor — respondeu o policial do corredor.

— Peça que o Sr. Sholto entre. Sr. Sholto, é meu dever informar que tudo o que disser poderá ser usado contra o senhor no tribunal. Eu o prendo em nome da rainha por envolvimento na morte de seu irmão.

— Ora essa! Eu não disse! — falou o pobre homem, erguendo as mãos e olhando para nós.

— Não se preocupe, Sr. Sholto — disse Holmes —, creio que posso tentar livrá-lo dessa acusação.

— Não prometa tanto, Sr. Teórico, não prometa tanto! — interrompeu o detetive. — Isso pode ser mais difícil do que parece.

— Não somente vou inocentá-lo, Sr. Jones, como lhe darei o nome e a descrição de um dos dois homens que estiveram neste cômodo ontem à noite. Tenho todas as razões para acreditar que seu nome é Jonathan Small. Ele é um homem de pouca instrução, pequeno, ágil, que perdeu a perna direita e a substituiu por uma perna de madeira, que está gasta no lado de dentro. Sua bota esquerda tem solado grosseiro e bico quadrado, com uma tira de ferro nas laterais do salto. É um homem de meia-idade, muito bronzeado e já foi um prisioneiro. Estas poucas informações podem lhe ajudar, junto ao fato de que há uma boa quantidade de pele faltando na palma de sua mão. O outro homem...

— O quê? O outro homem? — perguntou Athelney Jones, em tom de ironia, mas mesmo assim impressionado, como pude facilmente ver, com a precisão de Holmes.

— É uma pessoa bastante curiosa — continuou Sherlock Holmes, virando-se. — Espero poder apresentar-lhe essa dupla em breve. Posso falar com você em particular, Watson?

Ele me levou até o topo da escada.

— Essa ocorrência inesperada — falou — nos fez perder de vista o objetivo original de nossa jornada.

— Estava pensando nisso — respondi. — Não é certo que a Srta. Morstan permaneça nessa casa atormentada.

— Não. Você deve levá-la para casa. Ela mora com a Sra. Cecil Forrester, em Lower Camberwell, então não é muito longe. Eu o esperarei aqui, caso queira voltar. Ou talvez esteja muito cansado?

— De modo algum. Acredito que não conseguiria descansar até saber mais sobre esse caso fantástico. Já vi o lado negro da vida, mas dou-lhe minha palavra de que essa breve sucessão de estranhas surpresas desta noite abalou meus nervos por completo. Gostaria, no entanto, de resolver este caso, já que cheguei até aqui.

— Sua presença me será de muita ajuda — respondeu. — Devemos trabalhar no caso de forma independente e deixar o tal Jones se exultar com qualquer ilusão que construir. Depois de deixar a Srta. Morstan, gostaria que você fosse até a travessa Pinchin, nº 3, próximo às margens do rio, em Lambeth. A terceira casa à direita é de um empalhador de aves: seu nome é Sherman.

Você verá uma doninha segurando um coelho na janela. Acorde o velho Sherman e diga, com meus cumprimentos, que finalmente vou querer o Toby. Traga-o com você na volta.

— Suponho que seja um cão.

— Sim, um esquisito vira-lata, com um maravilhosíssimo olfato. Preferiria a ajuda de Toby do que a de toda a força policial de Londres.

— Eu o trarei, então — falei. — É uma hora da manhã. Se conseguir um cavalo descansado, devo voltar antes das três.

— E eu — falou Holmes — verei o que descubro com a Sra. Bernstone e o criado indiano, que, segundo Thaddeus Sholto me contou, dorme no cômodo vizinho. Depois, estudarei os incríveis métodos de Jones e seu sarcasmo nada discreto. *Wir sind gewohnt das die Menschen verhoehnen was sie nicht verstehen.*[9] Goethe é sempre incisivo.

---

[9] É comum ver o homem desprezar o que não pode compreender. (N.E.)

7

O episódio do barril

A polícia veio em uma carruagem, e foi nela que levei a Srta. Morstan de volta para sua casa. Seguindo os modos angelicais típicos das mulheres, ela suportou os problemas daquela noite com serenidade no rosto enquanto precisava apoiar alguém mais frágil; assim a encontrei, disposta e calma ao lado da governanta assustada. No entanto, na carruagem, ela desfaleceu e depois teve uma crise de choro, de tão ferida que estava pelos acontecimentos daquela noite. Contou-me depois que me sentiu frio e distante durante a viagem, porém mal sabia da luta em meu coração e do esforço que fazia para me conter. Minha simpatia e amor buscavam por ela, como minha mão havia buscado pela dela no jardim. Senti que anos de uma vida comum não poderiam me fazer conhecer sua doce e corajosa natureza como aquele único dia de experiências estranhas. Mas havia dois pensamentos que evitavam que doces palavras saíssem de meus lábios. Ela estava fragilizada e desamparada, com os nervos à flor da pele. Impor-lhe amor naquele momento seria tirar vantagem da situação. Para piorar, ela seria rica. Se tornaria uma herdeira caso as pesquisas de Holmes fossem bem-sucedidas. Seria justo e honrado que um cirurgião mal pago tirasse vantagem da intimidade que o acaso lhe trouxera? Será que ela não me veria como um mero caça-dotes? Não poderia arriscar que tal pensamento lhe passasse pela mente. Aquele tesouro de Agra intervinha entre nós como uma barreira intransponível.

Eram quase duas horas da manhã quando chegamos à casa da Sra. Cecil Forrester. O criado havia se recolhido horas antes, mas a Sra. Forrester estava tão interessada pela estranha mensagem recebida pela Srta. Morstan que ficara à sua espera. Ela abriu a porta, uma senhora de meia-idade, graciosa. Alegrou-me ver com que ternura seu braço enlaçou a cintura da jovem e como era maternal o tom com que a recebeu. Ela claramente não era uma mera criada com um salário, mas uma amiga querida. Fui apresentado e a Sra. Forrester insistiu para que eu entrasse e contasse sobre nossas aventuras. No entanto, expliquei a importância de minha missão e prometi lealmente voltar e informar qualquer progresso que viéssemos a ter sobre o caso. Enquanto partia, olhei para trás e ainda pude ver a dupla na calçada, as duas figuras graciosas e unidas, a porta entreaberta, a luz do corredor iluminando através da vidraça colorida, o barômetro e as lustrosas barras que seguravam o carpete dos degraus da escada. Foi confortador ver, ainda que de relance, a tranquilidade daquele lar inglês em meio à situação estranha e sombria que nos envolvia.

E quanto mais pensava no que havia ocorrido, mais estranho e sombrio se tornava. Enquanto chacoalhava pelas ruas iluminadas e silenciosas, repassei toda a extraordinária sequência de eventos. Havia o problema original: mas pelo menos estava bastante claro agora. A morte do capitão Morstan, o envio das pérolas, o anúncio, a carta, estavam todos esclarecidos. No entanto, eles apenas nos levaram a um mistério mais profundo e trágico. O tesouro indiano, a curiosa planta encontrada na bagagem de Morstan, o estranho cenário da morte do major Sholto, a descoberta do tesouro imediatamente seguida pelo assassinato de quem o descobriu, as próprias circunstâncias singulares do crime, as pegadas, as armas notáveis, as palavras no cartão, correspondentes àquelas do diagrama do capitão Morstan; tudo era, de fato, um labirinto em que um homem menos habilidoso que meu companheiro de quarto poderia desesperar-se por não encontrar respostas.

A travessa Pinchin era uma fileira de sobrados miseráveis de tijolos na parte baixa de Lambeth. Precisei bater algumas vezes na casa número 3 até ser atendido. Finalmente, vi o brilho de uma vela atrás da persiana, e um rosto me encarou pela janela superior.

— Vá embora, seu bêbado vagabundo — disse a figura. — Se fizer mais barulho vou abrir os canis e soltar quarenta e três cães em cima de você.

— Se puder soltar apenas um, foi justamente o que vim buscar — falei.

— Vá embora! — gritou. — Deus me ajude! Tenho uma víbora escondida, e jogarei em sua cabeça se não der o fora.

— Mas quero um cão! — bradei.

— Não vou discutir! — gritou o Sr. Sherman. — Agora desapareça, pois quando contar até três, lá vai a víbora.

— O Sr. Sherlock Holmes... — comecei, mas as palavras produziram um efeito mágico, pois a janela foi instantaneamente fechada e, dentro de um minuto, a porta foi destrancada e aberta.

O Sr. Sherman era um velho magricelo, com ombros curvos, pescoço longo e óculos azuis.

— Um amigo do Sr. Holmes é sempre bem-vindo — disse ele. — Entre, senhor. Fique longe do texugo, pois ele morde. Ah, seu travesso, vai morder o cavalheiro? — falou para um arminho que pressionava a cabecinha frágil e os olhos vermelhos entre as barras da gaiola. — Não se preocupe, senhor, é apenas um licranço. Ele não tem presas, então o deixo livre pela sala, para manter os besouros longe. Não se aborreça pelo meu temperamento, agora há pouco as crianças zombaram de mim, e muitas vêm até aqui apenas para me acordar, batendo à porta. Do que o Sr. Sherlock Holmes precisa, senhor?

— Ele quer um dos seus cães.

— Ah! Deve ser o Toby.

— Sim, o nome é Toby.

— Toby vive no número sete, aqui à esquerda.

Ele caminhou lentamente, segurando a vela, por entre a estranha família de animais que se reunia à sua volta. Pela luz fraca e espectral, pude ver de relance que havia olhos reluzentes nos espiando de cada canto e fenda. Até nas vigas acima de nossas cabeças alinhavam-se aves solenes, que preguiçosamente transferiam seu peso de uma perna à outra quando nossas vozes perturbavam seu sono.

Toby revelou-se uma criatura feia, peluda e de orelhas caídas, metade *spaniel*, metade *lurcher*, com tons brancos e marrons e com caminhar gingado e muito desajeitado. Aceitou, após certa hesitação, um torrão de açúcar que o velho naturalista me entregou e, assim, selando uma aliança, seguiu-me até a carruagem e não criou problemas ao me acompanhar. O relógio do Palace acabara de marcar 3 horas quando cheguei novamente a Pondicherry Lodge.

O antigo lutador premiado McMurdo, pelo que ouvi, fora preso como cúmplice, e tanto ele quanto o Sr. Sholto haviam sido levados para a delegacia. Dois guardas vigiavam o estreito portão, mas permitiram minha passagem com o cão quando mencionei o nome do detetive.

Holmes estava de pé na entrada, com as mãos no bolso, fumando seu cachimbo.

— Ah, você o trouxe! — disse ele. — Cão esperto! Atheney Jones foi embora. Tivemos uma grande demonstração de energia desde que você partiu. Ele não só prendeu nosso amigo Thaddeus, como também o porteiro, a governanta e o criado indiano. Temos o local para nós, mas há um sargento lá em cima. Deixe o cão aqui e suba.

Amarramos Toby ao pé da mesa e subimos as escadas. O quarto estava como ele deixara, salvo o lençol, que cobria a figura central. Um abatido sargento da polícia estava encostado no canto.

— Empreste-me sua lanterna, sargento — disse meu companheiro. — Amarre esse pedaço de cartão em volta do meu pescoço, de forma que fique pendurado diante de mim. Obrigado. Agora devo tirar minhas botas e meias. Leve-as com você, Watson. Farei um pouco de alpinismo. E mergulhe meu lenço em creosoto. Assim está bom. Agora, suba até o sótão comigo por um instante.

Subimos pelo buraco e Holmes mirou sua lanterna mais uma vez nas pegadas sobre a poeira.

— Quero que repare bem nessas pegadas — disse ele. — Vê algo nelas que seja digno de observação?

— Pertencem a uma criança ou mulher pequena.

— Mas além do tamanho; há algo mais?

— Parecem iguais a qualquer outra pegada.

— De maneira alguma. Veja aqui! Essa é a marca de um pé direito na poeira. Agora faço uma do lado, com o meu pé descalço. Qual é a principal diferença?

— Seus dedos estão todos juntos. Na outra pegada, cada dedo está nitidamente separado.

— Exato. Essa é a questão. Tenha isso em mente. Agora, poderia fazer a gentileza de ir até o alçapão e cheirar a lateral de madeira? Ficarei aqui, já que estou com o lenço na mão.

Fiz como ele instruiu e, instantaneamente, notei o cheiro forte e alcatroado.

— Foi aqui que ele colocou o pé ao sair. Se *você* consegue rastreá-lo, penso que Toby não terá dificuldade. Agora corra lá para baixo, solte o cão e preste atenção ao Blondin.

Quando cheguei ao jardim, Sherlock Holmes estava no telhado, e podia vê-lo como uma enorme larva brilhosa rastejando bem devagar pela cumeeira. Perdi-o de vista atrás de um conjunto de chaminés, mas ele logo reaparecia e sumia novamente pelo lado oposto. Quando dei a volta, encontrei-o sentado num beiral.

— É você, Watson? — perguntou.

— Sim.

— Este é o lugar. O que é aquela coisa preta ali embaixo?

— É um barril de água.

— Tampado?

— Sim.

— Nenhum sinal de escada?

— Não.

— Veja só isso! É o lugar mais perigoso. Devo ser capaz de descer aqui, por onde ele conseguiu subir. O cano d'água parece bem firme. De qualquer forma, aí vou eu.

Ouvi um arrastar de pés e a lanterna começou a descer constante pelo lado da parede. Então, com um breve salto, ele caiu sobre o barril e pulou para o chão.

— Foi fácil segui-lo — disse ele, pegando suas meias e botas. — Telhas estavam soltas pelo caminho e, na pressa, ele derrubou isso. O que confirma meu diagnóstico, como dizem vocês, médicos.

O objeto que me mostrou era um estojo ou uma pequena bolsinha de tecido estampado com relvas coloridas e com algumas miçangas penduradas vulgarmente em volta. Pelo formato e tamanho, parecia uma cigarreira. Dentro, havia meia dúzia de espinhos de madeira escura, afiados em uma ponta e arredondados na outra, como o que atingiu Bartholomew Sholto.

— Eles são diabólicos — disse ele. — Cuidado para não se espetar. Estou feliz por tê-los encontrado, pois acredito que estes são os únicos que restavam. O risco de encontrarmos um desses em nossa pele num futuro próximo é menor. Preferiria enfrentar uma bala antes. Está disposto a fazer uma caminhada de dez quilômetros, Watson?

— Com certeza — respondi.

— Sua perna aguentará?

— Ah, sim.

— Aí está você, cãozinho! O bom e velho Toby! Cheire, Toby, cheire!

Ele encostou o lenço com creosoto no focinho do cão, enquanto a criatura permanecia com as patas felpudas afastadas e a cabeça comicamente empinada, como um especialista sentindo um conhecido aroma antigo. Em seguida, Holmes jogou o lenço longe, amarrou uma corda forte no pescoço do vira-lata e o levou até o pé do barril de água. No mesmo instante, a criatura soltou uma sucessão de uivos intensos e trêmulos, e com o focinho no chão e o rabo para o alto, seguiu o rastro com tal rapidez que apertava sua coleira e nos mantinha em velocidade máxima.

O leste clareava aos poucos e agora conseguíamos ver a certa distância na acinzentada luz. A enorme casa quadrada, com suas janelas pretas e vazias, paredes altas e desnudas, erguia-se, triste e abandonada, atrás de nós. Nosso caminho seguiu pelo terreno, entrando e saindo de fossos e trincheiras que o marcavam e dividiam. O lugar todo, com seus montes de terra espalhados e arbustos raquíticos, tinha um aspecto mal-assombrado, agourento, que harmonizava com a tragédia sombria que pairava sobre ele.

Ao alcançar o muro limítrofe, Toby correu, ganindo ansiosamente, sob sua sombra, e por fim parou em um canto protegido por uma jovem faia. Onde os dois muros se uniam, havia vários tijolos soltos, e as fendas restantes estavam gastas e arredondadas na parte baixa, como se fossem frequentemente usadas como escada.

Holmes as escalou e, após pegar o cão, o soltou para o outro lado.

— Aqui está a marca da mão do homem da perna de pau — observou, enquanto subia ao lado dele. — Veja a leve mancha de sangue sobre o reboco branco. Que sorte não ter chovido forte desde ontem! O cheiro permanecerá na estrada apesar das vinte oito horas passadas.

Confesso que tive minhas dúvidas ao pensar sobre o grande tráfego que passara na estrada de Londres naquele período, mas meus medos logo se apaziguaram. Toby nunca hesitou ou desviou, e gingava em frente à sua maneira peculiar. Era óbvio que o odor pungente do creosoto destacava-se sobre todos os outros aromas contrastantes.

— Não pense — falou Holmes — que meu sucesso neste caso depende da mera sorte de um dos sujeitos ter pisado no produto. Agora tenho conhecimento suficiente que me permitiria encontrá-los de várias maneiras. Mas essa é a forma mais rápida, e como a sorte a pôs em nossas mãos, seria errado negligenciá-la. No entanto, isso impediu que o caso se tornasse um problema um tanto intelectual como antes prometera ser. Poderia haver algum mérito a ganhar, se não fosse por essa pista extremamente palpável.

— Há mérito de sobra — falei. — Garanto a você, Holmes, estou maravilhado pela maneira como obteve seus resultados nesse caso, ainda mais do que no assassinato de Jefferson Hope. As coisas parecem mais profundas e inexplicáveis. Como pôde, por exemplo, descrever com tanta confiança o homem da perna de pau?

— Ora, meu caro rapaz! Era muito simples. Não quis ser teatral. É tudo evidente e sem subterfúgios. Dois oficiais que estão no comando de um presídio descobrem um segredo importante sobre um tesouro escondido. Um mapa é desenhado para eles por um inglês chamado Jonathan Small. Lembra-se de que vimos esse nome no cartão em posse do capitão Morstan? Ele assinou o próprio nome e o de seus parceiros: o signo dos quatro, como assim chamou, dramaticamente. Guiados pelo mapa, os oficiais, ou um deles, encontra o tesouro e o traz para a Inglaterra, deixando, vamos supor, em aberto a maneira como o conseguiu. Mas, então, por que o próprio Jonathan Small não pegou o tesouro? A resposta é óbvia. O cartão está datado de uma época em que Morstan esteve próximo dos prisioneiros. Jonathan Small não pegou o tesouro, pois ele e seus parceiros eram condenados e não poderiam fugir.

— Mas isso é mera especulação — falei.

— É mais que isso. É a única hipótese que abrange os fatos. Vamos ver como se encaixa na sequência. O major Sholto permaneceu em paz por alguns anos, feliz em posse de seu tesouro. Então recebeu uma carta da Índia que o assustou. Do que se tratava?

— Uma carta dizendo que os homens que ele enganou haviam sido libertados.

— Ou fugiram. O que é bem mais provável, pois ele conhecia a duração da sentença. Não seria surpresa para ele. O que ele faz então? Protege-se contra um homem com perna de pau, um homem branco, note bem, pois ele o confundiu com um comerciante branco, e atira nele. Mas no cartão há apenas o nome de um homem branco. Os outros são hindus ou muçulmanos. Não há outro homem branco. Então podemos dizer com segurança que o "perna de pau" é idêntico a Jonathan Small. Esse raciocínio lhe parece falho?

— Não; é claro e conciso.

— Bem, agora vamos nos colocar no lugar de Jonathan Small. Vamos olhar por seu ponto de vista. Ele vem até a Inglaterra com a ideia de recuperar o que considerava ser seu por direito e de fazer vingança contra o homem que o enganou. Ele descobriu onde Sholto vivia, e provavelmente estabeleceu contato com alguém de dentro da casa. Tem o mordomo, Lal Rao, que não conhecemos. Segundo a Sra. Bernstone, ele está longe de ter um bom caráter. No entanto, Small não poderia descobrir onde o tesouro estava escondido, já que ninguém sabia, salvo o major e seu fiel criado que morrera. Logo, Small descobre que o major está no leito de morte. Em frenesi para que o segredo não morresse com o major, ludibria os guardas, vai até a janela do moribundo e só é impedido de entrar pela presença dos dois filhos. Enlouquecido de ódio por causa do morto, entra em seu cômodo naquela noite e procura documentos particulares na esperança de encontrar algum memorando relacionado ao tesouro, e finalmente deixa uma lembrança de sua visita com a pequena inscrição no cartão. Sem dúvida Small tinha um plano premeditado de que, se matasse o major, deixaria tal marca sobre o corpo como um sinal de que não fora um assassinato qualquer, mas, do ponto de vista dos quatro parceiros, algo como um ato de justiça. Conceitos extravagantes e bizarros deste tipo são comuns aos anais do crime, e muitas vezes oferecem valiosas indicações sobre o criminoso. Está acompanhando tudo isso?

— Claramente.

— Agora, o que Jonathan Small faria? Ele só poderia continuar vigiando atentamente os esforços para encontrar o tesouro. Talvez ele deixe a Inglaterra e só retorne em intervalos. Então o sótão é descoberto, e ele é informado em seguida. Novamente constatamos a presença de um cúmplice na casa. Jonathan, com a perna de pau, é incapaz de chegar até o sótão de Bartholomew Sholto. No entanto, ele leva consigo um curioso parceiro, que supera essa dificuldade, mas mergulha seu pé descalço no creosoto, e é aí que Toby entra em ação, e um percurso de dez quilômetros para um oficial mal pago com o tendão de Aquiles machucado.

— Mas foi o comparsa, e não Jonathan, quem cometeu o crime.

— Exato. E para grande desgosto de Jonathan, julgando pela maneira como bateu o pé por todo o lado quando entrou no quarto. Ele não guardava nenhum rancor de Bartholomew Sholto, e preferiria que este fosse apenas amarrado e amordaçado. Não queria enforcá-lo. Mas nada podia ser feito: os instintos selvagens de seu companheiro afloraram e o veneno fizera o trabalho; então, Jonathan Small deixou sua marca, desceu o baú do tesouro e o acompanhou. Essa foi a sequência dos fatos até onde pude decifrar. Quanto à sua aparência pessoal, ele deve ser um homem de meia-idade e bem bronzeado após cumprir pena num forno como as ilhas Andamão. Sua altura é facilmente calculada a partir do comprimento de seus passos, e sabemos que tinha barba. Sua pilosidade foi um ponto que impressionou Thaddeus Sholto quando o viu pela janela. Acredito que isso seja tudo.

— E o cúmplice?

— Ora, não há grande mistério nisso. Mas em breve você saberá de tudo. Que deliciosa é a brisa da manhã! Veja como aquela nuvem pequenina flutua como a pluma rosada de um flamingo gigante. A borda avermelhada do sol empurra-se sobre o aglomerado de nuvens em Londres. Brilha sobre muitas pessoas, mas aposto que nenhuma delas está numa aventura tão estranha quanto nós. Como nos sentimos pequenos na presença das grandes forças elementares da natureza com nossas ambições mesquinhas e lutas! Está familiarizado com Jean Paul?

— Um pouco. Conheci suas ideias através de Carlyle.

— Foi como seguir o riacho até o rio principal. Ele faz uma observação curiosa, mas profunda. É que a maior prova da real grandeza de um homem está na percepção de sua própria insignificância. Como vê, defende um poder de comparação e apreciação que é em si mesmo uma prova de nobreza. Há muito para se pensar em Richter. Você não carrega uma pistola, carrega?

— Tenho minha bengala.

— É provável que precisemos de algo assim se chegarmos ao covil. Deixo o Jonathan para você, mas se o outro for perigoso, terei que abatê-lo com um tiro.

Enquanto falava, retirou o revólver do bolso, carregou duas balas no tambor e guardou de volta no bolso direito do paletó.

Durante esse tempo, seguimos Toby por estradas parcialmente rurais e casas de campo que levavam à metrópole. Agora, contudo, começávamos a entrar em estradas contínuas, onde operários e estivadores já estavam agitados, e mulheres desmazeladas abriam persianas e varriam os degraus das entradas. Na esquina, as tabernas acabavam de abrir, e homens de aspecto rude surgiam, esfregando as mangas nas barbas após o trago matinal. Cães estranhos passeavam, nos encarando enquanto passávamos, mas o inigualável Toby não olhava nem para a direita, nem para a esquerda, trotando em frente com o focinho no chão e um ocasional ganido ansioso que indicava uma forte pista.

Atravessamos Streatham, Brixton, Camberwell e agora estávamos na travessa Kennington, passando pelas ruas laterais a leste do Oval. Os homens que perseguíamos pareciam ter feito um caminho em zigue-zague, provavelmente pensando em passar despercebidos. Nunca permaneciam na avenida principal se uma rua paralela servisse para sua rota. No fim da travessa Kennington foram para a esquerda até a rua Bond e a rua Miles. No ponto em que esta última se torna a praça Knight, Toby parou de avançar, e começou a correr para trás e para a frente, com uma orelha empinada e a outra caída, a clara imagem da indecisão canina. Logo passou a caminhar em círculos, nos olhando de tempos em tempos, como se pedisse piedade por seu constrangimento.

— Que diabos está havendo com o cão? — resmungou Holmes. — Eles certamente não tomariam uma carruagem ou iriam de balão.

— Talvez passaram um tempo aqui — sugeri.

— Ah! Tudo bem. Ele está seguindo de novo — falou meu companheiro em tom de alívio.

O cão de fato partiu, pois, após farejar em volta novamente, ele se decidiu e correu com uma energia e determinação não demonstradas ainda. O rastro parecia estar muito mais forte que antes, pois nem colocava o focinho no chão, e puxava a corda para tentar correr. Pude ver pelo brilho nos olhos de Holmes que, para ele, estávamos chegando ao fim da jornada.

Nosso trajeto seguiu para Nine Elms até que chegamos ao grande depósito de madeira de Broderick e Nelson, logo após a taverna White Eagle. Ali, o cão, frenético de excitação, passou pelo portão lateral do estabelecimento, onde os serradores já estavam trabalhando. Toby avançou correndo pela serragem e aparas, desceu um beco, chegou ao fim de um corredor, entre duas pilhas de madeira, e finalmente, com um triunfante uivo, pulou sobre um grande barril que ainda estava no carrinho de mão em que fora trazido. Com a língua de fora e olhos cintilantes, o cão permaneceu sobre o barril, olhando para nós à espera de um sinal de aprovação. A aduela do barril e as rodas do carrinho estavam manchadas por um líquido escuro e todo o ar estava carregado pelo odor de creosoto.

Sherlock Holmes e eu nos entreolhamos perplexos, e caímos simultaneamente em uma crise de riso incontrolável.

8

Os ilegais da Baker Street

— E agora? — perguntei. — Toby perdeu sua característica de infalibilidade.

— Ele agiu de acordo com seu instinto — falou Holmes, descendo-o do barril e saindo do depósito. — Se considerar quanto creosoto é transportado por dia em Londres, não é surpresa que nosso rastro tenha sido interceptado. É um material muito usado agora, principalmente para curar madeira. Pobre Toby, não é culpa dele.

— Suponho que devamos voltar até o rastro principal.

— Sim. E, felizmente, não precisamos ir longe. É evidente que o cão se confundiu na esquina da praça Knight porque havia dois rastros diferentes indo para direções opostas. Ele seguiu o errado, só resta seguir o outro.

Não houve dificuldade nenhuma. Levando Toby ao local onde cometeu o erro, ele fez sua busca num grande círculo e enfim seguiu em nova direção.

— Devemos tomar cuidado para que ele não nos leve ao local de onde o barril de creosoto veio — comentei.

— Pensei nisso. Mas note que ele continua pela calçada, enquanto o caminho para o barril seguia pela estrada. Não, estamos no rastro certo agora.

Toby desceu rumo às margens do rio, correndo por Belmont Place e a rua Prince. Ao final da rua Broad, ele correu até a beira da água, onde havia um pequeno cais de madeira. O cão foi até a extremidade e lá permaneceu ganindo, olhando além da corrente escura.

— Estamos sem sorte — disse Holmes. — Eles pegaram um barco aqui.

Pequenos botes e esquifes estavam atracados na água e na borda do cais. Levamos Toby até cada um deles, mas ainda que farejasse com atenção, não demonstrava nenhum sinal.

Próxima ao rústico ancoradouro havia uma pequena casa de tijolos, com um letreiro de madeira pendurado acima da segunda janela. Nele, estava escrito em letras grandes "Mordecai Smith" e, embaixo, "Aluguel de barcos por hora ou dia". Uma segunda inscrição sobre a porta nos informou que uma lancha a vapor fora alugada, declaração confirmada pela enorme pilha de carvão sobre o píer. Sherlock Holmes olhou lentamente em volta, e seu rosto assumiu uma expressão sinistra.

— Isso não é bom — disse ele. — Esses sujeitos são mais espertos do que imaginei. Eles apagaram os rastros. Temo que houve aqui uma ação previamente combinada.

Ele se aproximava da porta da casa quando ela se abriu e um rapazinho de cabelos cacheados de uns seis anos saiu correndo, seguido por uma mulher robusta, de rosto corado e uma esponja grande na mão.

— Volte para tomar banho, Jack! — gritou ela. — Volte, seu jovem diabinho, pois se seu pai voltar e o encontrar assim, vamos levar uma bronca.

— Meu caro rapazinho! — disse Holmes, estrategicamente. — Que bochechas coradas você tem, jovem malandrinho! Agora, Jack, diga-me, há algo que você queira?

O jovem pensou por um momento.

— Queria um xelim — respondeu.

— Não gostaria de nada mais?

— Prefiro dois xelins — respondeu o prodígio, após alguma reflexão.

— Então tome aqui! Pegue! Um ótimo garoto, Sra. Smith!

— Deus o abençoe, senhor, ele é sim, e atrevido também. Às vezes dá muito trabalho para mim, especialmente quando meu marido está fora por alguns dias.

— Ele está fora? — disse Holmes, em tom desapontado. — Lamento por isso, pois gostaria de falar com o Sr. Smith.

— Ele partiu ontem pela manhã, senhor, e para falar a verdade, estou começado a me preocupar. Mas se for por um barco, senhor, talvez possa ajudá-lo.

— Gostaria de alugar a lancha a vapor.

— Ah, senhor! Foi justamente nessa lancha que ele partiu. É isso que me intriga, pois sei que só há combustível para ir até Woolwich e voltar. Se ele tivesse tomado uma balsa, não me preocuparia, pois muitas vezes o trabalho o levou até Gravesend, e se lá havia muito trabalho, ele passava a noite. Mas para que serve uma lancha sem combustível?

— Ele poderia ter comprado no cais às margens do rio.

— Poderia, senhor, mas não seria de seu feitio. Muitas vezes o ouvi reclamar do preço que cobram por alguns sacos. Além disso, não gosto daquele homem de perna de pau, de cara feia e conversa estranha. O que ele queria, sempre batendo aqui?

— Um homem de perna de pau? — disse Holmes, com certa surpresa.

— Sim, senhor, um sujeito moreno, com cara de macaco que veio procurar meu marido mais de uma vez. Foi ele quem o acordou ontem à noite, e mais, meu marido sabia que ele viria, pois já havia deixado a lancha preparada. Vou ser franca, senhor, algo não está me cheirando bem nessa história.

— Mas minha cara Sra. Smith — disse Holmes, encolhendo os ombros —, está se preocupando à toa. Como sabe que foi o homem da perna de pau que apareceu ontem à noite? Não entendo como tem tanta certeza.

— A voz dele, senhor. Reconheci sua voz, grossa e enrolada. Ele bateu na janela, por volta das 3 horas. "De pé, camarada!", disse ele. "Hora de partir". Meu marido acordou o Jim, meu filho mais velho, e partiram sem me dizer uma palavra. Pude ouvir a perna de pau batendo nas pedras.

— E o homem da perna de pau estava sozinho?

— Não sei dizer com certeza, senhor. Não ouvi ninguém mais.

— Sinto muito, Sra. Smith, queria uma lancha a vapor e recebi boas indicações sobre a... Deixe-me ver, qual é o nome?

— A Aurora, senhor.

— Ah! Não é aquela velha lancha verde com uma listra amarela, com través bem largo?

— Nada disso. É pequena e enfeitada como qualquer outra no rio. Foi pintada recentemente de preto com duas faixas vermelhas.

— Obrigado. Espero que logo tenha notícias do Sr. Smith. Descerei o rio, e se avistar a Aurora, avisarei que a senhora está preocupada. Tem chaminé preta, não é?

— Não, senhor. Preta com uma faixa branca.

— Ah, claro. As laterais que eram pretas. Tenha um bom dia, Sra. Smith. Há um barqueiro aqui com uma balsa, Watson. Devemos tomá-la e atravessar o rio.

— O mais importante com pessoas desse tipo — explicou Holmes, enquanto nos acomodávamos nos bancos da balsa — é nunca deixá-los pensar que as informações têm alguma importância para nós. Se o fazemos, eles instantaneamente se fecham como uma ostra. Se os ouvimos como que a contragosto, é possível extrair o que quisermos.

— Nosso caminho parece claro agora — falei.

— O que você faria, então?

— Alugaria uma lancha e desceria o rio atrás da Aurora.

— Meu caro amigo, seria uma tarefa colossal. Ela pode ter ancorado em qualquer cais daqui até Greenwich. Embaixo da ponte há um labirinto perfeito de desembarcadouros por quilômetros. Levaria dias e dias para percorrê-los, se fôssemos sozinhos.

— Acionemos a polícia, então.

— Não. Provavelmente chamarei Athelney Jones no último momento. Não é um mau camarada, e não gostaria de fazer nada que o prejudicasse profissionalmente, mas gostaria de resolver por conta própria, já que fomos tão longe.

— Poderíamos fazer um anúncio, então, pedindo informações aos donos de desembarcadouros?

— Pior ainda! Nossos homens saberiam que estamos atrás deles, e logo deixariam o país. De qualquer forma, é provável que partam, mas enquanto pensarem que estão perfeitamente seguros, não terão pressa. A energia de Jones será útil nisso, pois sua visão do caso será publicada na imprensa, e os fugitivos pensarão que todos estão na pista errada.

— O que faremos, então? — perguntei, enquanto desembarcávamos perto da penitenciária de Millbank.

— Entraremos nessa carruagem, vamos para casa, tomaremos café e dormiremos por uma hora. É provável que fiquemos acordados novamente esta noite. Pare numa agência telegráfica, cocheiro! Vamos ficar com Toby, ele ainda pode ser útil.

Paramos na agência da rua Great Peter, e Holmes despachou o telegrama.

— Para quem acha que mandei isso? — perguntou ele, enquanto terminávamos a viagem.

— Não tenho ideia.

— Lembra-se da divisão da força policial de detetives na Baker Street que acionei no caso de Jefferson Hope?

— Bem... — respondi, rindo.

— Esse é um caso em que eles podem ser valiosos. Se falharem, tenho outros recursos, mas os acionarei primeiro. Aquele telegrama foi para o meu pequeno e arteiro tenente, Wiggins, e espero que ele e sua gangue estejam conosco antes do fim do café da manhã.

Era entre 8 e 9 horas da manhã, e os sucessivos alvoroços da noite me provocaram um forte impacto. Eu estava fraco e exausto, com o pensamento obscuro e corpo fadigado. Não tinha o entusiasmo profissional que incentivava meu companheiro nem podia olhar para o caso como um mero problema intelectual. Quanto à morte de Bartholomew Sholto, não ouvira muitas coisas boas a seu respeito, e não sentia uma forte antipatia por seus assassinos. O tesouro, no entanto, era um assunto diferente. Ele, ou parte dele, pertencia por direito à Srta. Morstan. Enquanto houvesse uma chance de recuperá-lo, eu estaria pronto para devotar minha vida ao caso. Na realidade, se o encontrasse, possivelmente isso a colocaria, para sempre, fora do meu alcance. Ainda assim, seria um amor mesquinho e egoísta se fosse influenciado por tal pensamento. Se Holmes podia trabalhar para encontrar os criminosos, razões dez vezes mais fortes me impeliam a encontrar o tesouro.

Na Baker Street, um banho e uma troca de roupa me animaram bastante. Quando desci do quarto, encontrei o desjejum posto e Holmes servindo café.

— Aqui está — falou ele, rindo, e apontando para o jornal aberto. — O ágil Jones e o jornalista onipresente resolveram tudo entre si. Mas você já ouviu o suficiente sobre o caso, é melhor comer os ovos com presunto primeiro.

Peguei o jornal e li a breve notícia, cujo título era: *"O misterioso caso em Upper Norwood"*.

Por volta das 12 horas da última noite, o Sr. Bartholomew Sholto, de Pondicherry Lodge, Upper Norwood, foi encontrado morto em seu quarto, sob circunstâncias que apontam para um crime sórdido. Até onde sabemos, nenhum sinal de violência foi encontrado no Sr. Sholto, mas uma valiosa coleção de joias indianas, que o falecido cavalheiro herdara de seu pai, foi levada. A descoberta foi inicialmente feita pelo Sr. Sherlock Holmes e o Dr. Watson, que foram até a casa com o Sr. Thaddeus Sholto, irmão do falecido. Por sorte do acaso, o Sr. Athelney Jones, o conhecido membro da força policial de detetives, encontrava-se no distrito policial de Norwood, e chegou ao local meia hora depois de comunicado. Seu treinamento e experiência o direcionaram para a resolução do crime, com o gratificante resultado ao encontrar os culpados: o irmão Thaddeus Sholto, já detido, junto com a governanta, Sra. Bernstone, um mordomo indiano chamado Lal Rao, e o porteiro ou guarda, chamado McMurdo. É certo que o ladrão, ou ladrões, estavam bem familiarizados com a casa, pois o notório conhecimento técnico do Sr. Jones e sua capacidade de observar os detalhes o permitiram provar conclusivamente que os malfeitores não poderiam ter entrado pela porta ou pela janela, certamente chegando pelo telhado do local e, em seguida, através de um alçapão, entraram num quarto que ligava ao cômodo onde o falecido foi encontrado. Esse fato, que fora bem esclarecido, prova de modo conclusivo que não se tratou de um roubo aleatório. A ação imediata e rápida dos agentes da lei mostra a grande vantagem da presença de uma mente vigorosa e magistral nessas ocasiões. Não podemos deixar de pensar que isso fornece um argumento para aqueles que desejam ver nossos detetives mais descentralizados, sendo que foram postos em contato mais íntimo e efetivo nos casos que têm o dever de investigar.

— Isso não é ótimo? — falou Holmes, sorridente com sua xícara de café. — O que você acha?

— Acho que escapamos por um triz de sermos presos pelo crime.

— Também acho. Não garantiria nossa segurança agora, se ele tivesse outro acesso de energia.

Nesse momento, a campainha soou alto, e pude ouvir a Sra. Hudson, nossa senhoria, levantando a voz num lamento de repreensão e consternação.

— Por Deus, Holmes — falei, me levantando. — Acredito que estão atrás de nós.

— Não, não é tão ruim assim. É a força não oficial... são os ilegais da Baker Street.

Enquanto ele falava, ouvimos um rápido tamborilar de pés descalços subindo as escadas, uma algazarra de vozes, e uma dúzia de moleques apressados, sujos e maltrapilhos entraram na sala. Havia certa disciplina entre eles, apesar da entrada tumultuada, e logo formaram uma linha e permaneceram ali, nos encarando, com expressão ansiosa. Um deles, mais velho e mais alto que os outros, permaneceu à frente com um ar de superioridade que era muito engraçado em um pequeno espantalho desonesto.

— Recebemos sua mensagem, senhor — disse ele —, e os trouxe pontualmente. Três xelins e seis pences para as passagens.

— Aqui está — falou Holmes, entregando-lhe algumas moedas. — Futuramente eles se reportarão a você, Wiggins, e você, a mim. Não posso ter a casa invadida assim. No entanto, é muito bom que todos vocês ouçam as instruções. Preciso descobrir o paradeiro de uma lancha a vapor chamada Aurora, o dono é Mordecai Smith, preta com duas listras vermelhas, chaminé preta com uma faixa branca. Ela está em algum lugar descendo o rio. Quero um garoto no píer de Millbank, em frente ao cais de Mordecai Smith, para informar caso a lancha volte. Separem-se e cubram as duas margens do rio. Avisem-me assim que tiverem notícias. Está claro?

— Sim, chefe — disse Wiggins.

— Mantenho a velha tabela de pagamentos, e um guinéu ao garoto que encontrar o barco. Aqui está um dia adiantado. Agora vão!

Ele deu um xelim para cada um, eles correram escada abaixo, e os vi logo depois, correndo pela rua.

— Se a lancha estiver na água, eles a encontrarão — falou Holmes, enquanto se levantava da mesa e acendia seu cachimbo. — Eles podem ir a qualquer lugar, ver tudo, escutar a todos. Espero receber notícias antes do anoitecer. Enquanto isso, nada pode ser feito, a não ser esperar. Não podemos retomar a jornada perdida enquanto não encontrarmos a Aurora ou o Sr. Mordecai Smith.

— Toby pode comer essas sobras. Você vai se deitar, Holmes?

— Não, não estou cansado. Tenho uma estrutura curiosa, não me lembro de ficar cansado no trabalho, embora a ociosidade me deixe totalmente exausto. Vou fumar e pensar no caso estranho em que minha bela cliente nos envolveu. Se algum homem já teve uma tarefa fácil, essa nossa deve ser. Homens de perna de pau não são tão comuns, e o outro homem, penso que seja absolutamente único.

— Esse outro homem de novo!

— Não tenho intenção de fazer dele um mistério, ao menos não para você. Mas já deve ter formado sua própria opinião. Agora, considere as informações. Pegadas pequenas, dedos nunca apertados por botas, pés descalços, bastão com cabeça de pedra, muita agilidade, espinhos pequenos com veneno. O que você conclui de tudo isso?

— Um selvagem! — afirmei. — Talvez seja um dos indianos amigos de Jonathan Small.

— É bem improvável — disse ele. — Quando vi sinais daquelas armas estranhas, fiquei inclinado a pensar assim, mas as características notáveis das pegadas me fizeram reconsiderar. Alguns habitantes da península indiana são homens pequeninos, mas nenhum deixaria tal marca. Os hindus têm pés longos e finos. Os muçulmanos usam sandálias que deixam o dedão do pé bem separado dos demais, pois a tira de couro passa entre eles. Esses espinhos pequenos, também, só podiam ser atirados de uma maneira: por uma zarabatana. Então, agora, de onde pode ser o tal selvagem?

— América do Sul — arrisquei.

Ele esticou a mão e pegou um livro volumoso da estante.

— Este é o primeiro volume de um dicionário geográfico em vias de publicação. Pode ser encarado como a mais recente autoridade no assunto. E o que temos aqui? "Ilhas Andamão, situadas a 550 quilômetros ao norte de Sumatra, no Golfo de Bengala". Hum! Hum! Que é isto? "Clima úmido, recifes de corais, tubarões, Port Blair, penitenciárias, ilha de Rutland, choupos"... Ah, aqui está. "Os aborígenes das ilhas Andamão podem reivindicar a distinção de serem os menores seres na face da terra, embora alguns antropólogos prefiram os boxímanes da África, os índios escavadores da América, e os Fueguinos. A altura média está abaixo de um metro e vinte, embora muitos adultos desenvolvidos possam ser muito mais baixos do que isso. São bravos, rabugentos e difíceis, embora capazes de formar as mais devotadas amizades uma vez que sua confiança tenha sido conquistada". Registre isso, Watson. Agora ouça: "Eles são naturalmente horríveis, com cabeças grandes e malformadas, olhos pequenos e ferozes, e traços distorcidos. Seus pés e mãos, no entanto, são notavelmente pequenos. Eles são tão ferozes e intratáveis que todos os esforços da armada britânica para dominá-los falharam em todos os níveis. Sempre foram um terror para tripulações naufragadas, matando os sobreviventes a pancadas com bastões com cabeça de pedra, ou atirando neles com flechas envenenadas. Esses massacres sempre terminavam em um banquete canibal". Uma gente boa e simpática, Watson! Se esse sujeito tivesse sido deixado solto por aí, esse caso poderia ter assumido um aspecto ainda mais horripilante. Imagino que, independentemente de como as coisas aconteceram, Jonathan Small preferiria não tê-lo contratado.

— Mas como ele conseguiu um companheiro tão singular?

— Ah, isso já não sei dizer, mas como já havíamos concluído que Small viera das ilhas Andamão, não é tão assombroso que tenha trazido esse ilhéu consigo. Sem dúvida saberemos tudo no devido tempo. Mas você parece simplesmente exausto, Watson. Deite-se no sofá e verei se consigo fazê-lo dormir.

Holmes pegou seu violino num canto, e enquanto me esticava, ele começou a tocar uma melodia suave e sonhadora, sem dúvida de sua autoria, já que tinha um notável dom para a improvisação. Tenho uma vaga lembrança de seus membros magros, semblante sério, e o arco subindo e descendo. Então me senti flutuando tranquilamente num suave mar sonoro, até chegar à terra dos sonhos, com o doce rosto de Mary Morstan olhando para mim.

9

A corrente se rompe

Acordei no fim da tarde, revigorado e bem-disposto. Sherlock Holmes estava sentado exatamente como antes, exceto por ter deixado de lado o violino e estar mergulhado num livro. Ele olhou para mim quando me mexi, e notei que seu rosto estava sombrio e perturbado.

— Você dormiu profundamente — falou ele —, temi que nossa conversa fosse acordá-lo.

— Não ouvi nada — respondi. — Recebeu notícias então?

— Infelizmente, não. Confesso estar surpreso e desapontado. Esperava por algo decisivo a esta hora. Wiggins acabou de aparecer e disse não ter sinal da lancha. É um empecilho irritante, já que cada hora importa.

— Posso fazer algo? Estou revigorado agora, e pronto para uma excursão noturna.

— Não, não podemos fazer nada, apenas esperar. Se partirmos, informações podem chegar durante nossa ausência, causando atraso. Faça o que quiser, mas devo permanecer de prontidão.

— Então devo ir até Camberwell falar com a Sra. Cecil Forrester. Ela me convidou ontem.

— Irá até a Sra. Cecil Forrester? — perguntou Holmes, com um olhar brincalhão.

— Ora, é claro que pela Srta. Morstan também. Estão ansiosas para saber o que houve.

— Não contaria muito — disse Holmes. — Mulheres nunca são totalmente confiáveis; não a maioria delas.

Não parei para argumentar contra aquele sentimento atroz.

— Voltarei em uma ou duas horas — observei.

— Certo! Boa sorte! Mas se está considerando atravessar o rio, poderia levar o Toby de volta, pois penso que não precisaremos dele agora.

Levei o vira-lata, como pedido, e o deixei junto a outro animal na velha casa do naturalista em Pinchin Lane. Em Camberwell, encontrei a Srta. Morstan um pouco cansada após as aventuras daquela noite, e muito ansiosa por novidades. A Sra. Forrester também estava muito curiosa. Contei tudo o que havíamos feito, omitindo apenas as partes mais pavorosas da tragédia. Embora tenha falado sobre a morte do Sr. Sholto, não mencionei nada sobre a maneira exata e o método usado. Mesmo com todas as omissões, havia o suficiente para impressioná-las e assombrá-las.

— É um romance! — afirmou a Sra. Forrester. — Uma dama injustiçada, um tesouro de meio milhão, um canibal negro e um malfeitor de perna de pau. Eles tomam o lugar do tradicional dragão ou do conde perverso.

— E dois cavalheiros errantes ao resgate — acrescentou a Srta. Morstan, com um olhar vivo para mim.

— Ora, Mary, sua sorte depende do resultado dessa investigação. Não está empolgada o suficiente. Apenas imagine como seria ter tamanha riqueza e o mundo aos seus pés!

Senti certa alegria em meu coração ao notar que ela não demonstrara sinal de euforia diante daquela perspectiva. Ao contrário, sacudiu a cabeça como se aquele assunto não lhe importasse.

— É pelo Sr. Thaddeus Sholto que estou ansiosa — falou ela. — Nada tem qualquer importância, mas penso que ele se comportou de maneira muito gentil e honrada. É nosso dever livrá-lo desta acusação terrível e infundada.

Era noite quando deixei Camberwell, e estava bem escuro quando cheguei em casa. O livro e o cachimbo do meu companheiro estavam sobre a cadeira, mas ele havia desaparecido. Procurei ao redor na esperança de encontrar um bilhete, porém não havia nada.

— Suponho que o Sr. Sherlock Holmes tenha saído — falei para a Sra. Hudson quando ela subiu para baixar as persianas.

— Não, senhor. Ele foi para o quarto. Sabe, senhor... — disse ela, baixando a voz a um sussurro. — Temo pela saúde dele.

— Por que, senhora Hudson?

— Ora, ele é estranho, senhor. Após sua saída, ele andou e andou, para cima e para baixo, de novo e de novo, até eu me cansar do som dos seus passos. Então eu o escutei falando sozinho e murmurando, e toda vez que a campainha tocava, ele corria até o alto da escada e falava: "Quem é, Sra. Hudson?". Agora ele se trancou no quarto, mas posso ouvi-lo andando de um lado para o outro como antes. Espero que ele não adoeça, senhor. Arrisquei-me a dizer algo sobre um remédio revigorante, mas ele olhou para mim de tal maneira que não sei como consegui sair do quarto.

— Acredito que não tenha por que se preocupar, Sra. Hudson — respondi —; já o vi assim antes, ele tem um problema na cabeça que o impede de descansar.

Tentei falar calmamente com a nossa prezada senhoria, contudo eu mesmo estava um pouco inquieto quando, durante a longa noite, ainda escutava o vago som de seus passos, e sabia que seu espírito aguçado ficava irritado com essa inatividade involuntária.

Na hora do desjejum, ele parecia cansado e abatido, com um toque febril em ambas as bochechas.

— Você está se exaurindo, velho homem — observei. — Pude ouvi-lo perambulando durante a noite.

— Não consegui dormir — respondeu. — Esse problema infernal está me consumindo. É demais para mim, ser impedido por um obstáculo tão pequeno, quando todo o resto já está esclarecido. Sei quem são os homens, a lancha, tudo; e, ainda assim, sem notícias. Coloquei outras agências na missão, e usei todos os meios à disposição. O rio todo foi vasculhado, em ambas as margens, mas nenhuma notícia, nem a Sra. Smith soube de seu marido. Logo chegarei à conclusão de que eles afundaram a embarcação. Mas há objeções quanto a isso.

— Ou que a Sra. Smith nos deu uma pista errada.

— Não, acredito que podemos descartar essa possibilidade. Fiz perguntas e há uma lancha como ela descreveu.

— Poderia ter seguido rio acima?

— Considerei esta possibilidade também, e há um grupo de buscas trabalhando até Richmond. Se não tivermos novidades hoje, eu mesmo partirei amanhã, e vou atrás dos homens ao invés da lancha. Mas com certeza, certamente, receberemos notícias ainda hoje.

Não recebemos. Nenhuma palavra chegou a nós, nem de Wiggins, nem de outras agências. Havia artigos na maioria dos jornais sobre a tragédia em Norwood.

Todos pareciam hostis ao infeliz Thaddeus Sholto. Nenhum detalhe novo fora acrescentado a eles, a não ser que um inquérito seria realizado no dia seguinte. Naquela noite, fui até Camberwell, reportar nosso fracasso às senhoras, e na volta encontrei Holmes desalentado e um tanto rabugento. Ele mal respondeu às minhas perguntas, e durante toda a noite ocupou-se de uma incompreensível análise química que envolvia o aquecimento de retortas e destilação de vapores, terminando num odor que provocou minha saída do apartamento. Durante a madrugada, pude ouvir o tintilar dos tubos de ensaio indicando que ele ainda estava envolvido naquele fétido experimento.

Logo pela manhã, acordei sobressaltado e fiquei surpreso ao vê-lo de pé ao lado da minha cama, vestido em uma tradicional roupa de marinheiro com uma jaqueta de algodão e um lenço vermelho ao redor do pescoço.

— Vou descer o rio, Watson — disse ele. — Refleti muito e só consigo ver uma saída. Em todo caso, vale a pena tentar.

— Posso ir com você? — perguntei.

— Não, você será muito mais útil se continuar aqui como meu representante. Estou relutante em ir, pois é provável que alguma mensagem chegue durante o dia, embora Wiggins estivesse desanimado ontem à noite. Quero que abra todos os bilhetes e telegramas, e aja de acordo com seu próprio julgamento se alguma notícia chegar. Posso contar com você?

— Com certeza.

— Temo que não consiga telegrafar-me, pois não posso garantir onde estarei. Se estiver com sorte, não ficarei fora por muito tempo. Devo ter notícias, de um modo ou outro, antes de voltar.

Até a hora do desjejum não recebi notícias dele. No entanto, ao abrir o *Standard*, descobri que havia uma recente informação sobre o caso.

> Em referência à tragédia de Upper Norwood, temos razões para acreditar que o caso promete ser mais complexo e misterioso do que o originalmente suposto. Novas evidências apontam ser impossível que o Sr. Thaddeus Sholto estivesse, de qualquer maneira, envolvido no crime. Ele e a governanta, Sra. Bernstone, foram liberados ontem à noite. No entanto, acredita-se que a polícia tenha uma pista sobre os verdadeiros culpados, e está sendo investigada pelo Sr. Athelney Jones, da Scotland Yard, com todo o vigor e perspicácia. Futuras detenções podem ser esperadas a qualquer momento.

Isso é bem satisfatório, pensei. *De qualquer forma, o amigo Sholto está a salvo. Imagino o que pode ser essa nova pista, ainda que isso pareça uma forma estereotipada de a polícia ocultar um erro.* Joguei o jornal sobre a mesa, mas naquele momento meus olhos viram um anúncio na coluna de assuntos particulares, onde se lia:

> PROCURA-SE! Mordecai Smith, barqueiro, e seu filho Jim, que deixaram o desembarcadouro de Smith por volta das três horas da última terça-feira na lancha a vapor Aurora, preta com duas listras vermelhas, chaminé preta com uma faixa branca. A soma de cinco libras será paga a qualquer pessoa que possa dar informações

à Sra. Smith, no desembarcadouro de Smith, ou na Baker Street, 221b, quanto ao paradeiro do supracitado Mordecai Smith e da lancha Aurora.

Com certeza o anúncio fora feito por Holmes, o endereço da Baker Street evidenciara isso. Impressionou-me pela engenhosidade, pois poderia ser visto pelos fugitivos sem que eles pensassem ser mais do que a ansiedade natural de uma esposa preocupada com o marido.

Foi um dia longo. Sempre que alguém batia à porta ou passos firmes caminhavam pela rua, imaginava ser Holmes retornando ou uma resposta ao seu anúncio. Tentei ler, mas meus pensamentos teimavam em voltar para a nossa estranha missão e para a dupla maldosa e perversa que perseguíamos. Pensei que poderia haver alguma falha grave no raciocínio de meu companheiro. Não poderia estar sofrendo com uma grande ilusão? Não seria possível que sua mente ágil e especulativa tivesse construído essa teoria radical sobre falsas premissas? Nunca o vi errar, no entanto até o dono do mais afiado raciocínio pode se equivocar. Imaginei que era possível que errasse pelo refinamento de sua lógica, por preferir uma explicação sutil e bizarra a uma simples e comum que estava bem à mão. Por outro lado, havia visto as evidências e ouvi os motivos para suas deduções. Ao olhar para trás, para a longa cadeia de circunstâncias curiosas, muitas delas triviais, todas apontando para a mesma direção, não pude, ainda que as explicações de Holmes estivessem incorretas, me enganar a respeito do fato de que a verdadeira teoria seria igualmente excêntrica e surpreendente.

Às 15 horas houve um forte toque da campainha, uma voz autoritária no saguão e, para minha surpresa, era ninguém menos que o Sr. Athelney Jones. Ele estava, de fato, muito diferente daquele professor do senso comum, ríspido e magistral que decifrara o caso de modo tão confiante em Upper Norwood. Sua expressão era deprimida, com jeito humilde e até lisonjeiro.

— Bom dia, senhor, bom dia — disse ele. — Ouvi que o Sr. Sherlock Holmes não está.

— Sim, e não sei ao certo quando voltará, mas talvez queira aguardar. Sente-se e experimente um destes charutos.

— Obrigado, isso seria bom — falou ele, esfregando o rosto com um grande lenço vermelho estampado.

— E uísque com soda?

— Bem, meio copo. É muito quente para esta época do ano e tenho um caso sério com o qual me preocupar e me aborrecer. Conhece minha teoria sobre o caso de Norwood?

— Lembro-me de que mencionou uma.

— Bom, fui obrigado a reconsiderar. Toda a minha rede estava apertada em torno do Sr. Sholto, até ele escapar por um buraco no meio dela. Ele tinha um álibi que não pode ser questionado. Desde que deixou o irmão no quarto, sempre foi visto por alguém, então não podia ser ele quem subiu no telhado e entrou no alçapão. É um caso bastante sinistro e meu crédito profissional está em jogo. Ficaria muito feliz se recebesse alguma ajuda.

— Todos precisamos de ajuda às vezes — falei.

— Seu amigo Sherlock Holmes é um homem incrível, senhor — disse ele, em tom rouco e confidencial. — É um homem imbatível. Eu já o vi trabalhar em muitos casos, e nunca houve um caso que ele não pôde esclarecer. Ele tem métodos irregulares e tira conclusões apressadamente, mas acredito que daria um excelente oficial e não me incomodo que saibam disso. Recebi um telegrama dele nesta manhã, que dá a entender que ele tem alguma pista sobre o caso. Aqui está a mensagem.

Ele tirou o telegrama do bolso e me entregou. Fora postado de Poplar ao meio-dia.

Vá até a Baker Street imediatamente. Se eu não tiver retornado, me espere. Estou quase alcançando a gangue inimiga de Sholto. Pode nos acompanhar esta noite, caso queira estar presente durante o desfecho.

— Isso soa bem. É óbvio que ele reencontrou a pista — falei.

— Ah, então ele foi enganado também! — concluiu Jones, com evidente satisfação. — Até o melhor de nós é induzido ao erro às vezes. É claro que isso pode ser um alarme falso, mas é meu dever como um oficial da lei não deixar nenhuma pista escapar. Há alguém na porta, talvez seja ele.

Passos pesados subiam as escadas, acompanhados por um ruído ofegante e pelo chiado de um homem que precisava seriamente de fôlego. Parou por uma ou duas vezes, como se a subida fosse demais para ele, mas finalmente conseguiu chegar até a porta e entrou. Sua aparência correspondia aos sons que ouvimos. Era um homem de idade, vestido em trajes de marinheiro, com uma velha jaqueta de lã abotoada até o pescoço. Tinha as costas curvadas, os joelhos tremiam, e a respiração era dolorosamente asmática. Enquanto se apoiava numa bengala grossa de carvalho, seus ombros se levantavam no esforço de puxar o ar para os pulmões. Tinha um cachecol colorido em torno do queixo e pude ver pouco de seu rosto, exceto por um par de olhos vivos e escuros, sobrancelhas peludas e brancas e costeletas grisalhas. No conjunto, ele me deu a impressão de ser um respeitável capitão dos mares prostrado pela velhice e pela pobreza.

— Como posso ajudar, meu senhor? — perguntei.

Ele olhou em volta de maneira metódica, típica da velhice.

— O Sr. Sherlock Holmes está? — indagou ele.

— Não, mas o represento. Pode me comunicar qualquer mensagem que tenha para ele.

— É para ele que tenho de transmiti-la — disse ele.

— Mas eu lhe disse que respondo por ele. É sobre o barco de Mordecai Smith?

— Sim. Sei muito bem onde está; sei onde estão os homens que ele procura e sei onde o tesouro está. Sei tudo sobre isso.

— Então, diga-me, e contarei tudo a ele.

— Devo contar isso para ele — repetiu, com a teimosia petulante de um senhor de muita idade.

— Bem, então deve esperar.

— Não, não; não vou perder um dia todo para agradar alguém. Se o Sr. Holmes não está aqui, então ele deve descobrir tudo sozinho. Não gosto da atitude dos senhores e não direi uma palavra.

Ele arrastou-se até a porta, mas Athelney Jones passou à frente dele.

— Espere um pouco, meu amigo — disse ele. — O senhor tem informações importantes e não deve partir. Terá que ficar aqui, por bem ou por mal, até nosso amigo retornar.

O velho tentou correr em direção à porta, mas quando Athelney Jones pôs suas costas largas contra ela, ele reconheceu a inutilidade de sua resistência.

— Que belo tratamento este! — gritou, batendo sua bengala. — Venho encontrar um cavalheiro e vocês, que nunca vi em minha vida, me detêm e me tratam dessa maneira!

— O senhor não será prejudicado — falei. — Vamos recompensá-lo pela perda de tempo. Sente-se aqui no sofá e não terá de esperar muito.

Ele concordou, mal-humorado, e sentou-se com o rosto apoiado nas mãos. Jones e eu retomamos nossa conversa e os charutos. No entanto, logo ouvimos a voz de Holmes surgir entre nós.

— Acho que poderiam me oferecer um charuto também — disse ele.

Nós dois pulamos de nossas cadeiras. Lá estava Holmes sentado próximo a nós com certo ar de diversão.

— Holmes! — bradei. — Você aqui! Mas onde está o velho?

— Aqui está o velho — disse ele, segurando um tufo de cabelo branco. — Aqui está ele: peruca, costeletas, sobrancelhas e tudo. Acreditava que meu disfarce era muito bom, mas dificilmente esperava que passasse por esse teste.

— Ah, seu malandro! — falou Jones, satisfeito. — Você daria um bom ator, um dos melhores. Fez aquela tosse típica ouvida em asilos, e as pernas bambas valem dez libras por semana. Mas tive a impressão de reconhecer o brilho dos seus olhos. Você não conseguiu escapar de nós com tanta facilidade, afinal.

— Passei o dia todo elaborando esse disfarce — disse ele, acendendo o charuto. — Sabe, boa parte da classe criminosa me conhece, principalmente desde que nosso amigo aqui publicou alguns dos meus casos; então só posso ir ao território inimigo disfarçado assim. Recebeu meu telegrama?

— Sim, foi o que me trouxe aqui.

— Fez algum progresso no caso?

— Tudo para nada. Tive que liberar dois dos meus prisioneiros, e não há evidências contra os outros dois.

— Não se preocupe. Eu lhe darei outros dois no lugar deles, só preciso que obedeça às minhas ordens. Todo o mérito oficial será seu, mas deve seguir pelo caminho que eu apontar. Combinado?

— Totalmente, se me ajudar a encontrá-los.

— Bem, então, em primeiro lugar, preciso de um barco policial rápido, uma lancha a vapor, para estar nas escadas de Westminster às 19h.

— Será fácil conseguir isso. Sempre há uma por lá, mas posso dar um pulo até o outro lado da rua e fazer uma ligação para confirmar.

— Depois, preciso de dois homens fortes, caso haja alguma resistência.

— Haverá dois ou três no barco. O que mais?

— Quando prendermos os homens, teremos o tesouro. Penso que seria um prazer para meu amigo aqui devolvê-lo à jovem senhorita a quem metade dele pertence por direito. Deixe-a ser a primeira a abri-lo. O que acha, Watson?

— Seria um grande prazer para mim.

— É um procedimento irregular — disse Jones, balançando a cabeça. — Entretanto, todo o caso é irregular, e suponho que possamos fazer vista grossa quanto a isso, mas depois o tesouro deve ser entregue às autoridades até o fim das investigações oficiais.

— Certamente, isso será fácil de resolver. Outro ponto. Gostaria muito de ouvir alguns detalhes do caso do próprio Jonathan Small. Sabe que gosto de esclarecer os detalhes dos meus casos. Há alguma objeção contra uma entrevista não oficial com ele em um de meus aposentos ou em qualquer outro lugar, contanto que seja supervisionada?

— Bem, você está no comando da situação. Ainda não tive provas da existência desse Jonathan Small. No entanto, se você o capturar, não vejo como lhe recusar uma entrevista com ele.

— Isso está esclarecido, então?

— Perfeitamente. Algo mais?

— Apenas insisto que jante conosco, ficará pronto em meia hora. Teremos ostras e perdiz, e com algumas opções de vinho branco. Você nunca reconheceu meus méritos como governanta, Watson.

10

O fim do ilhéu

Nossa refeição foi maravilhosa. Holmes falava muito bem quando queria e, naquela noite, ele quis. Parecia estar num estado de empolgação nervosa. Nunca o vi mais brilhante. Falava sobre uma série de assuntos: peças de teatro, cerâmica medieval, violinos Stradivarius, budismo do Sri Lanka e os navios de guerra do futuro, citando cada um como se tivesse feito um estudo aprofundado. Seu bom humor marcava a reação da forte depressão dos dias anteriores. Athelney Jones provou ser uma alma sociável nos momentos de relaxamento e recebeu o jantar com ares de *bon vivant*. Quanto a mim, sentia-me eufórico pela ideia de que estávamos chegando ao fim de nossa tarefa e absorvi um pouco da alegria de Holmes. Durante o jantar, nenhum de nós mencionou o motivo que nos reunira.

Quando a toalha de mesa foi retirada, Holmes olhou para o relógio, e encheu três taças com vinho do Porto.

— Um brinde — disse ele — pelo sucesso de nossa pequena expedição. Agora é hora de partirmos. Tem uma pistola, Watson?

— Meu velho revólver de serviço está na escrivaninha.

— É melhor levá-lo, então. É bom estar preparado. Vejo que o transporte está na porta. Eu o chamei para as 18h30.

Era um pouco antes das 19 horas quando chegamos ao porto de Westminster e encontramos a lancha à nossa espera. Holmes a examinou criticamente.

— Há algo que indique ser uma embarcação policial?

— Sim, aquela lâmpada verde na lateral.

— Então a retire.

A pequena mudança foi feita, subimos a bordo, e as cordas foram soltas. Jones, Holmes e eu nos sentamos na popa. Havia um homem no leme, outro na caldeira e dois policiais troncudos à frente.

— Para onde? — perguntou Jones.

— Para a Torre. Peça que parem a embarcação ao lado oposto ao Jacobson's Yard.

Nossa embarcação era obviamente muito rápida. Disparamos por longas filas de embarcações carregadas como se estivessem paradas. Holmes sorriu com satisfação quando ultrapassamos um navio a vapor e o deixamos para trás.

— Seremos capazes de alcançar qualquer coisa no rio — disse ele.

— Bem, nem tanto, mas não há muitas lanchas que possam nos vencer.

— Deveremos capturar a Aurora, e ela é conhecida por ser muito veloz. Vou lhe contar como estão as coisas, Watson. Lembra-se de quão aborrecido estava por ficar preso naquele obstáculo tão pequeno?

— Sim.

— Bem, dei um descanso à minha mente mergulhando numa análise química. Um dos nossos principais líderes políticos afirmou que a mudança de trabalho é o melhor descanso. De fato, quando consegui dissolver o hidrocarboneto com que estava trabalhando, voltei ao problema dos Sholtos, e repensei todo o assunto. Meus meninos vasculharam rio acima e rio abaixo, mas sem respostas. A lancha não estava em nenhum ancoradouro do porto, tampouco havia retornado. Dificilmente teriam-na afundado para esconder os vestígios, ainda que essa fosse uma hipótese válida caso todas as outras falhassem. Sabia que o tal Small tinha certo grau de astúcia maldosa, mas não o via capaz de fazer nada de maneira refinada, já que isso é resultado de uma educação de alto nível. Então refleti que ele certamente estava em Londres há algum tempo, pelos indícios de que mantinha vigilância contínua em Pondicherry Lodge. Seria difícil deixar a cidade de repente, pois precisaria de algum tempo, pelo menos um dia, para organizar as coisas. De todo modo, esse era o saldo das probabilidades.

— Isso me parece um pouco fraco — falei —; é mais provável que ele tivesse organizado tudo antes de iniciar a expedição.

— Não, acho difícil. Esse covil seria um abrigo muito valioso, caso precisassem, para que ele o abandonasse antes de ter certeza de que poderia descartá-lo. Mas então, pensei em outra coisa. Jonathan Small deve ter sentido que a aparência singular do seu parceiro, mesmo o cobrindo com um casaco, geraria um falatório, possivelmente o associando à tragédia em Norwood. Ele foi esperto o bastante para presumir isso. Eles partiram, disfarçados pela escuridão, e ele esperava voltar antes do amanhecer. Ora, de acordo com a Sra. Smith, já passavam das 3 horas quando tomaram a lancha. Em uma hora já estaria clareando e as pessoas começariam a circular. Portanto, concluí que não foram tão longe. Pagaram bem ao Sr. Smith para que ficasse com o bico calado, guardando a lancha para a fuga final, e correriam até o esconderijo com a arca do tesouro. Em poucas noites, depois que tivessem tempo para ler o que os jornais noticiavam e verificar se havia alguma suspeita, eles partiriam escondidos pela escuridão até Gravesend ou para Downs, onde sem dúvida já tinham conseguido passagens para os Estados Unidos ou para as Colônias.

— Mas e a lancha? Ela não poderia ser levada até o esconderijo.

— Exato. Concluí que a lancha não podia estar muito longe, apesar do sumiço. Então me coloquei no lugar de Small e olhei para o caso como um homem da capacidade dele. Provavelmente ele pensaria que mandar a lancha de volta ou mantê-la em algum píer tornaria a busca fácil caso a polícia estivesse em seu rastro. Então como ele esconderia a lancha e a teria à disposição quando precisasse? Pensei o que faria se estivesse no lugar dele, e pensei em uma única maneira de fazer isso. Eu poderia entregar a lancha a algum fabricante ou reparador, com instruções para fazer algumas alterações nela. Então seria removida para algum galpão ou garagem, ficando bem escondida, e ainda poderia tê-la em poucas horas mediante um aviso prévio.

— Parece bem simples.

— São exatamente essas coisas simples que tendem a passar despercebidas. No entanto, resolvi agir com base nisso. Comecei usando aquele inofensivo disfarce de marinheiro e investiguei todos os galpões rio abaixo. Não encontrei nada nos quinze primeiros, mas, no décimo sexto, de Jacobson, descobri que a Aurora havia sido entregue, dois dias atrás, por um homem de perna de pau, com instruções triviais sobre o leme. "Não havia nada de errado com o leme dela", disse o capataz. "Lá está ela, com as listras vermelhas". Quem chegaria, naquele mesmo momento, senão Mordecai Smith, o dono desaparecido? Ele estava bastante bêbado. Eu não o teria reconhecido, obviamente, mas ele soltou seu nome e o nome da lancha. "Eu a quero esta noite às oito horas", disse ele. "Às oito em ponto, pois tenho dois cavalheiros que não podem esperar". Com certeza ele fora bem pago, pois estava cheio de dinheiro, jogando xelins para o homem. Eu o segui por um tempo, mas ele acabou parando numa taberna, então voltei para o galpão, e encontrei um dos meus meninos no caminho e o deixei de sentinela na lancha. Ele ficará nas margens da água e balançará seu lenço quando derem partida. Estaremos aguardando nas águas, e será fácil capturarmos os homens, o tesouro e tudo.

— Você planejou tudo muito bem, quer sejam os culpados ou não — disse Jones —, mas se o caso estivesse em minhas mãos, eu deixaria um pelotão da polícia na oficina de Jacobson, e os prenderia quando chegassem.

— O que nunca teria acontecido. Esse tal de Small é um sujeito bem astuto. Ele mandaria um olheiro na frente, e se algo levantasse suspeitas, continuaria escondido por mais uma semana.

— Mas você poderia ter acompanhado Mordecai Smith, seguindo-o até o esconderijo — falei.

— Nesse caso, teria desperdiçado meu dia. Acho que as chances são de cem contra um de que Smith não saiba onde eles moram. Contanto que tenha bebida e pague bem, por que faria perguntas? Eles lhe enviam mensagens dizendo o que fazer. Não, pensei em todos os caminhos possíveis, e este é o melhor.

Enquanto a conversa prosseguia, cruzávamos uma longa série de pontes que atravessavam o Tâmisa. Ao passarmos por City, os últimos raios de sol iluminavam a cruz sobre o topo da St. Paul's. Já estava escurecendo quando chegamos à Torre.

— Ali é a oficina do Jacobson — disse Holmes, apontando para uma fileira de mastros e cordames no lado de Surrey. — Circule com cuidado, para cima e para baixo, acobertados por essa fileira de barcaças.

Ele tirou do bolso os binóculos de visão noturna e observou por um tempo às margens do rio.

— Vejo minha sentinela em seu posto — comentou —, mas nenhum sinal do lenço.

— Suponho que desceremos um pouco pela costa e aguardaremos por eles — disse Jones, ansioso.

Àquela altura, estávamos todos ansiosos, até os policiais e os foguistas, que tinham uma vaga ideia do que iria acontecer.

— Não temos o direito de presumir nada — respondeu Holmes. — É muito provável que eles seguirão rio abaixo, mas não podemos ter certeza. Deste ponto podemos ver a entrada da oficina e eles mal podem nos ver. Será uma noite clara e com muita luz. Devemos ficar aqui. Veja aquela multidão ali, iluminada pelo lampião.

— Estão saindo da oficina.

— Patifes sórdidos, mas suponho que cada um deles tenha em si uma faísca de imortalidade escondida. Quando se olha, não nota, não há nenhuma probabilidade inicial disso. Que estranho enigma é o homem!

— Alguns o chamam de uma alma escondida num animal — sugeri.

— Winwood Reade é bom nesse assunto — disse Holmes. — Ele observa que, embora o homem como indivíduo seja um quebra-cabeças insolúvel, em grupo, ele torna-se uma certeza matemática. Nunca podemos prever, por exemplo, o que um único homem fará, mas podemos dizer com precisão como será o comportamento de um grupo. Indivíduos variam, mas porcentagens permanecem constantes. Assim dizem as estatísticas. Será que vejo um lenço? Com certeza há um tecido branco esvoaçando por ali.

— Sim, é o seu menino! — afirmei. — Consigo vê-lo bem.

— E lá vai a Aurora — disse Holmes —, e correndo como o diabo! Velocidade máxima, piloto. Siga a lancha de luz amarela. Pelos céus, nunca me perdoarei se a perdermos de vista!

Ela passou despercebida pela entrada da oficina e por trás de duas ou três pequenas embarcações, então já estava bem acelerada quando a vimos. Agora voava rio abaixo, próxima à margem, em velocidade assombrosa. Jones a observava nervoso e sacudia a cabeça.

— É rápida demais. Duvido que conseguiremos alcançá-la.

— Temos que alcançá-la! — rebateu Holmes, entre os dentes. — Mais carvão, foguistas! Façam-na dar tudo o que pode! Mesmo que tenhamos de queimar o barco, temos de pegá-los!

Estávamos bem próximos agora. As fornalhas urravam, e o maquinário poderoso zumbia e tinia como um grande coração metálico. A proa afiada cortava as águas do rio criando duas ondas, uma à direita e outra à esquerda. A cada vibração do maquinário nós pulávamos e sacudíamos muito. Uma lanterna grande e amarela em nossa proa lançava uma longa e brilhante faixa de luz à nossa frente. Logo adiante, um borrão preto sobre a água mostrava onde estava a Aurora, e o redemoinho de espuma branca em sua traseira mostrava a que velocidade seguia. Passávamos disparados por barcaças, barcos a vapor, navios comerciais, à direita, à esquerda, atrás de um e contornando outro. Éramos saudados por vozes na escuridão, mas a Aurora continuava em disparada, e ainda a seguíamos de perto.

— Mais carvão, homens! Mais carvão! — exclamou Holmes, instruindo o foguista na parte de baixo do barco, enquanto o intenso fulgor que subia se refletia em seu rosto ansioso. — Consigam a maior quantidade de vapor que puderem.

— Acho que ganhamos mais vantagem — falou Jones, de olho na Aurora.

— Tenho certeza que sim — afirmei. — Nós a alcançaremos em poucos minutos.

Naquele momento, no entanto, pelo azar do destino, um reboque com três embarcações se colocou entre nós. Só evitamos a colisão ao girar o leme inteiramente para o lado, e antes de conseguir contorná-lo e retomar a velocidade, a Aurora havia ganhado uns bons duzentos metros de distância. Continuava, contudo, bem à nossa vista, e o crepúsculo sombrio, incerto, estava se transformando numa noite clara e estrelada. Os geradores trabalhavam no limite, e o casco frágil vibrava e chiava pela força com que nos impulsionava. Seguimos por Pool, passando pelo cais de West India, descendo o longo Deptford Reach, e voltando a subir após contornar a Isle of Dogs. O borrão opaco à nossa frente se transformara pela claridade na delicada Aurora. Jones mirou a lanterna sobre ela, para que pudéssemos ver as figuras no convés. Um homem ia sentado na popa, segurando algo preto entre os joelhos e ao seu lado estava uma forma escura que se parecia com um cão da raça terra-nova. Um menino segurava o leme, enquanto, contra o clarão vermelho da fornalha, pude ver o velho Smith despido da cintura para cima e atirando carvão desesperadamente. Eles tiveram certa dúvida se estávamos realmente os seguindo de início, mas agora que imitávamos cada curva que faziam, isso era inquestionável. Em Greenwich, estávamos a duzentos e vinte metros de distância, já em Blackwall não podíamos estar a mais de cento e noventa metros de distância. Cacei muitas criaturas em vários países durante minha diversificada carreira, mas nunca o esporte me deu emoção tão intensa quanto essa louca caçada humana pelo Tâmisa.

Estávamos cada vez mais próximos, metro por metro. No silêncio da noite podíamos ouvir os ruídos e tintinados do maquinário. O homem na popa ainda se agachava sobre o convés, seus braços se mexiam como se estivesse ocupado, e de tempos em tempos ele olhava para trás medindo a distância que nos separava. Chegávamos cada vez mais perto. Jones gritou para que eles parassem. Não estávamos a mais do que o comprimento de quatro embarcações atrás deles, ambas as lanchas correndo em tremenda velocidade. Era um trecho tranquilo do rio, com Barking Level de um lado e o melancólico Plumstead Marshes do outro. Aos nossos gritos o homem na popa saltou do convés e balançou os punhos fechados para nós, enquanto nos xingava em voz alta e grossa. Era um homem de bom tamanho, imponente, e conforme se equilibrava de pernas abertas, pude ver que da coxa para baixo havia um toco de madeira do lado direito. Ao som dos gritos nervosos e estridentes, houve uma movimentação de um pacote pequeno sobre o convés. Ele se esticou, transformando-se em um homem pequeno e bem escuro, o menor que já vi, com uma cabeça grande e malformada e de cabeleira emaranhada. Holmes já havia sacado sua arma, e peguei a minha assim que vi aquela criatura selvagem e distorcida. Ele estava enrolado numa espécie de pele ou cobertor escuro, deixando apenas o rosto exposto; mas aquele rosto era o suficiente para tirar o sono de um homem. Nunca vi traços tão profundamente marcados pela bestialidade e pela crueldade. Seus olhos pequeninos brilhavam em fúria com uma luz sinistra, e seus grossos lábios eram recuados, expondo os dentes que rangiam para nós com uma raiva quase animal.

— Se ele levantar a mão, atirem — disse Holmes, calmamente. Estávamos a um barco de distância naquele momento, e quase encostando em nossa presa. Pude ver os dois em pé, o homem branco com as pernas abertas, soltando xingamentos, e o ímpio anão com rosto assustador e dentes fortes e amarelos rangendo contra nós sob a luz da lanterna amarela.

Felizmente tínhamos uma boa visão dele. Sob nossos olhares, ele puxou de sua manta um pedaço de madeira curto e arredondado, como uma régua escolar, e a levou aos lábios. Nossas pistolas dispararam juntas. Ele girou, levantando os braços e com uma tosse engasgada caiu de lado na correnteza. Observei seus olhos malignos e ameaçadores em meio ao redemoinho branco das águas. Naquele momento o homem da perna de pau se jogou sobre o leme e o empurrou para baixo, de modo que o barco virou bruscamente até a margem sul, enquanto passamos acelerados a menos de um metro de sua popa. Demos a volta rapidamente, contudo ela já estava bem próxima da margem.

Era um lugar amplo e isolado, onde a lua brilhava sobre uma vasta extensão de brejos, com poços de água estagnada e trechos de vegetação deteriorada. A lancha, com uma leve batida, parou contra a margem lamacenta, ficando com a proa no ar e a popa ao nível da água. O fugitivo saltou, mas a perna de madeira afundou rapidamente por completo no solo encharcado. Ele lutou e contorceu-se em vão, pois não conseguia dar um passo nem para a frente nem para trás. Ele gritava em sua raiva imponente e chutava a lama freneticamente com a outra perna, mas seu esforço apenas afundava ainda mais o toco de madeira na margem pegajosa. Quando atracamos nossa lancha ao seu lado, ele estava tão firmemente ancorado que só conseguimos arrancá-lo e arrastá-lo para o nosso lado, como a um peixe feroz, lançando uma corda sobre seus ombros. Os dois Smiths, pai e filho, permaneceram sentados na lancha, mas, após ordenados, entraram em nosso barco de modo calmo. A própria Aurora foi puxada e amarrada à nossa popa. Sobre o convés, estava um sólido baú de ferro, originado da Índia. Esse, sem dúvidas, era o que continha o agourento tesouro dos Sholtos. Não havia chave, mas tinha um peso considerável, então o transferimos cuidadosamente para nossa pequena cabine. Enquanto voltamos a seguir devagar rio acima, apontamos nosso holofote em todas as direções, mas não havia nenhum sinal do ilhéu. Em algum lugar no lodo escuro que forra o Tâmisa jazem os ossos daquele estranho visitante às nossas terras.

— Vejam — disse Holmes, apontando para a escotilha de madeira. — Não fomos tão rápidos com as pistolas.

De fato, cravado ali, bem onde estávamos havia pouco, um daqueles espinhos assassinos que conhecíamos tão bem. Devia ter passado zunindo entre nós no momento em que atiramos. Holmes sorriu e deu de ombros de maneira despreocupada, mas confesso que me senti mal ao pensar na morte horrível que quase nos alcançou naquela noite.

11

O incrível tesouro de Agra

Nosso prisioneiro sentou-se na cabine do lado oposto ao baú de ferro, que tanto fizera e ansiara por conseguir. Ele era um sujeito bronzeado, desleixado, com linhas e rugas por todo o rosto de cor de mogno, que mostravam uma vida de trabalho árduo e ao ar livre. Havia uma proeminência singular no seu queixo barbado que indicava um homem que dificilmente desviava de seu objetivo. Devia ter aproximadamente cinquenta anos, já que seus cabelos pretos e cacheados eram salteados de mechas grisalhas. Seu semblante em repouso não era desagradável, embora suas sobrancelhas pesadas e queixo agressivo lhe dessem, como vi anteriormente, uma horrível expressão em momento de raiva. Ele sentou-se com as mãos algemadas sobre o colo e cabeça abaixada sobre o peito, enquanto encarava com olhos vivos e intensos o baú, responsável por tantas atrocidades. Parecia-me haver mais tristeza do que raiva em seu rosto rígido e contido. Quando olhou para mim, parecia ter algo semelhante a humor em seus olhos.

— Bem, Jonathan Small — disse Holmes, acendendo um charuto —, lamento que as coisas tenham chegado a esse ponto.

— Eu também, senhor — respondeu, francamente. — Não acredito que possa ser enforcado por isso. Faço um juramento sobre a Bíblia de que nunca levantei a mão contra o Sr. Sholto. Foi aquele pequeno diabo Tonga que atirou um dos seus malditos espinhos nele. Não tive participação nisso, senhor. Lamentei como se fosse um parente meu. Bati naquele peste com a ponta solta da corda, mas o mal já estava feito.

— Pegue um charuto — ofereceu Holmes —, e é melhor que tome um pouco da bebida do meu cantil, pois está muito molhado. Como você esperava que um homem tão pequeno e fraco dominasse o Sr. Sholto, mantendo-o preso enquanto você escalava a corda?

— Parece saber tão bem dos fatos como se estivesse lá, senhor. Na verdade, eu esperava encontrar o cômodo vazio. Conhecia os habitantes da casa muito bem, e naquele horário o Sr. Sholto costumava descer para o jantar. Não vou mentir sobre o que aconteceu, a minha melhor defesa será a verdade. Agora, se tivesse sido com o velho major, eu iria para a forca sem o menor peso na consciência. Dar-lhe uma facada seria o mesmo que fumar um charuto, mas a maldição pesou e serei preso por causa do jovem Sholto, com quem não tinha nenhuma desavença.

— Você está sob a guarda do Sr. Athelney Jones, da Scotland Yard. Ele o levará até minha residência, e pedirei um esclarecimento sobre tudo. Deve fazê-lo de coração aberto, pois isso pode lhe ser útil. Acredito que posso provar que o veneno age tão rápido que o homem estava morto antes de você chegar ao quarto.

— Estava mesmo, senhor. Nunca levei um choque maior em minha vida do que quando entrei pela janela e o vi sorrindo para mim com a cabeça sobre o ombro. Aquilo me abalou muito, senhor. Eu teria quase matado o Tonga por isso, se ele não tivesse corrido. Foi por isso que deixou para trás o porrete, e alguns espinhos, como me contou depois, o que certamente lhe deu uma pista sobre nós, embora ainda não esteja claro para mim como você seguiu adiante. Não sinto raiva do senhor por isso, mas me parece estranho — acrescentou ele, com sorriso amargo — que eu, que tenho direito legítimo ao tesouro de 500 milhões, tenha passado metade da vida construindo um quebra-mar nas ilhas Andamão, e provavelmente passe a outra metade cavando túneis em Dartmoor. Foi-me um dia amaldiçoado quando pousei meus olhos no mercador de Achmet e me envolvi com o tesouro de Agra, que nada trouxe além de desgraça ao homem que o possuía. Para ele, trouxe assassinato, para o major Sholto, trouxe medo e culpa e, para mim, significou escravidão eterna.

Naquele momento Athelney Jones enfiou o rosto protuberante e os ombros largos na pequena cabine.

— É uma festa em família — observou —; desejo tomar um gole do cantil, Holmes. Bem, devemos nos parabenizar. Pena que não capturamos o outro vivo, mas não tivemos alternativa. Sabe, Holmes, deve admitir que foi por pouco, fizemos de tudo para alcançar a lancha.

— O importante é que no final deu tudo certo — falou Holmes. — Mas eu certamente não sabia que a Aurora era tão veloz.

— Smith disse que é uma das lanchas mais rápidas do rio, e que se houvesse outro homem ajudando com a caldeira, ela nunca seria capturada. Ele jura não saber nada sobre o caso de Norwood.

— Não sabia mesmo — exclamou o prisioneiro —, nem uma palavra. Escolhi a lancha pois ouvi que era muito ligeira. Não falamos nada, mas o pagamos bem, e ele receberia uma boa recompensa se chegássemos ao navio Esmeralda, em Gravesend, de partida para o Brasil.

— Bem, se ele não fez nada de errado, nada errado acontecerá a ele. Somos muito rápidos para capturar os criminosos, mas não muito rápidos para condená-los.

Era divertido notar como o pomposo Jones já demonstrava ares de mérito pela captura. Pelo sorriso sutil no rosto de Sherlock Holmes, pude ver que o comentário não passou despercebido.

— Logo estaremos na ponte Vauxhall — disse Jones —, e desembarcaremos o Dr. Watson com o tesouro. Já lhe adianto que estou assumindo um enorme risco fazendo isso. É muito irregular, mas é claro que trato é trato. Devo, por obrigação, mandar um agente com você, já que levará uma carga tão valiosa. Você irá conduzindo, certo?

— Sim, conduzirei.

— É uma pena não haver chave, pois poderíamos fazer um inventário primeiro. Terá que arrombá-lo. Onde está a chave, homem?

— No fundo do rio — respondeu Small, sucintamente.

— Hum! Não precisava nos dar esse trabalho desnecessário, você já nos deu o suficiente. No entanto, doutor, nem preciso alertá-lo para tomar cuidado. Traga o baú de volta até a pensão da Baker Street e nos encontrará lá, a caminho para a delegacia.

Eles me deixaram em Vauxhall, com o pesado baú de ferro e um agente amável como companheiro. Após vinte e cinco minutos de viagem, chegamos à residência da Sra. Cecil Forrester. A criada pareceu surpresa com a visita tarde àquela hora. A Sra. Forrester havia saído e provavelmente chegaria muito tarde. A Srta. Morstan, contudo, estava na sala de estar. Fui até lá, carregando o baú e deixando o prestativo agente na carruagem.

A Srta. Morstan estava sentada junto à janela, usando vestimenta em diáfano branco, com tons vermelhos no pescoço e cintura. Enquanto se recostava numa cadeira de vime, a luz suave de um abajur a iluminava, brincando sobre o seu rosto doce e ansioso e colorindo com um lampejo fosco e metálico as belas ondas do seu cabelo exuberante. O braço branco caía sobre a lateral da cadeira e toda sua postura e expressão demostravam uma envolvente melancolia. Ao som dos meus passos, ela se levantou com um salto e um brilho de surpresa e prazer trouxe cor às bochechas pálidas.

— Escutei uma carruagem parar — falou ela. — Pensei que a Sra. Forrester havia voltado mais cedo, mas nunca imaginei que poderia ser o senhor. Trouxe notícias?

— Trouxe algo melhor do que notícias — respondi, colocando o baú sobre a mesa e falando de maneira jovial e alegre, embora sentisse um peso no coração. — Trouxe algo que vale todas as notícias do mundo. Trouxe uma fortuna.

Ela olhou para o baú de ferro.

— Esse é o tesouro, então? — perguntou friamente.

— Sim, este é o incrível tesouro de Agra. Metade é seu e metade é de Thaddeus Sholto. Ambos terão alguns milhares de libras. Haverá poucas senhoritas mais ricas na Inglaterra. Isso não é glorioso?

Penso que devo ter exagerado na minha alegria, e ela detectou falsidade em minha congratulação, pois vi sua sobrancelha arquear um pouco, e ela me olhar com curiosidade.

— Se o tenho — disse ela —, é graças a você.

— Não, não — respondi —, não a mim, mas ao meu amigo Sherlock Holmes. Com toda a boa vontade deste mundo, eu jamais seguiria uma pista que sobrecarregou até a genialidade analítica dele. Do jeito que estava, ele quase a perdeu no último minuto.

— Sente-se e conte-me tudo, Dr. Watson — falou ela.

Narrei brevemente o que ocorrera desde a última vez que a vi; o novo método de buscas de Holmes, a descoberta da Aurora, a chegada de Athelney Jones, a expedição noturna e a perseguição selvagem no Tâmisa. Ela escutou as aventuras com os lábios entreabertos e olhos brilhando. Quando contei sobre o espinho que quase nos atingiu, ficou tão branca que pensei que desmaiaria.

— Não foi nada — falou, enquanto me apressava para servir água para ela. — Estou bem novamente. Foi um choque escutar que coloquei meus amigos em situação tão perigosa.

— Mas acabou — respondi. — Está tudo bem agora. Não contarei mais detalhes tenebrosos. Vamos falar de assuntos mais alegres. Aqui está o tesouro. O que pode ser mais alegre do que isso? Consegui permissão para trazê-lo comigo, pensando que lhe interessaria ser a primeira vê-lo.

— Seria de grande interesse para mim — disse ela, porém sem entusiasmo na voz.

Ela com certeza sentiu que seria deselegante mostrar indiferença a um prêmio que deu tanto trabalho para recuperar.

— Que baú lindo! — falou, inclinando-se sobre ele. — Suponho que seja de fabricação indiana?

— Sim, é um trabalho de metal de Varanasi.

— E tão pesado! — observou, tentando levantá-lo. — A caixa em si já deve valer algo. Onde está a chave?

— Small jogou no Tâmisa — respondi. — Precisarei do atiçador da Sra. Forrester.

Havia à nossa frente um ferrolho grande e grosso forjado à imagem de um Buda sentado. Coloquei sob ela a ponta do atiçador e o torci para fora como uma alavanca. A argola se abriu com um sonoro estalo. Com dedos trêmulos, levantei a tampa. Nós dois olhamos, assombrados. O baú estava vazio!

Era de se esperar que estivesse tão pesado. O ferro tinha quase dois centímetros de espessura. Era maciço, bem feito e sólido, como um cofre, construído para carregar itens valiosos, mas não havia sequer um resquício de metais ou pedrarias dentro dele. Estava totalmente vazio.

— O tesouro se perdeu — disse a Srta. Morstan, de modo calmo.

Enquanto ouvi aquelas palavras e entendi o que significavam, uma enorme sombra deixou minha alma. Não havia notado o quanto o tesouro de Agra me oprimia, até o momento em que finalmente estava perdido. Era, sem dúvidas, egoísta, desleal e errado, mas só pensava que a barreira de ouro entre nós havia sido removida.

— Graças de Deus! — falei, do fundo do coração.

Ela me olhou com um sorriso rápido e questionador.

— Por que diz isso? — perguntou ela.

— Pois a tenho em meu alcance de novo — falei, segurando sua mão. Ela não a retirou. — Porque eu te amo, Mary, como nenhum homem jamais amou uma mulher. Pois esse tesouro, essa fortuna, selaram meus lábios. Agora que sumiu, posso dizer o quanto te amo. É por isso que disse: Graças a Deus.

— Então dou graças a Deus também — sussurrou ela, enquanto a puxei para perto.

Independentemente de quem havia perdido um tesouro, naquela noite eu ganhara o meu.

12

A estranha história de Jonathan Small

O agente policial era um homem muito paciente, pois esperou bastante tempo naquela carruagem, antes da minha volta. Seu semblante se fechou quando mostrei o baú vazio.

— Lá se vai minha recompensa! — lamentou ele, com tristeza. — Onde não há dinheiro não há pagamento. O trabalho desta noite valeria dez libras para mim e Sam Brown se o tesouro estivesse aqui.

— O Sr. Thaddeus Sholto é muito rico — falei. — Cuidará de sua recompensa, com tesouro ou não.

No entanto, o policial balançou a cabeça, desapontado.

— Não foi um bom trabalho — repetiu ele —, e é isso que o Sr. Athelney Jones pensará.

Sua previsão estava correta, pois o detetive ficou abismado quando cheguei a Baker Street e mostrei o baú vazio. Haviam acabado de chegar: ele, Holmes e o prisioneiro, já que mudaram os planos e se apresentaram num distrito policial no caminho. Meu companheiro recostava-se numa poltrona com sua usual expressão indiferente, enquanto Small sentava-se firme à frente dele, com a perna de pau cruzada sobre a outra. Quando mostrei o baú vazio, ele inclinou-se sobre a cadeira e riu alto.

— Isso é coisa sua, Small — falou Athelney Jones, irritado.

— Sim, o escondi onde você nunca colocará as mãos — exclamou ele, exultante. — O tesouro é meu, e se não posso tê-lo, cuidarei para que ninguém mais o tenha. Nenhum homem vivo tem direito a ele, a não ser os três condenados que estão nas ilhas Andamão e eu. Sei agora que não poderei usufruir dele, e sei que eles também não poderão. Agi pensando neles tanto quanto em mim. O que sempre valeu para nós foi o signo dos quatro. Sei bem que desejariam que eu fizesse exatamente o que fiz, jogar o tesouro no Tâmisa em vez de deixá-lo para os amigos ou parentes de Sholto ou Morstan. Não foi para deixá-los ricos que demos cabo no Achmet. Encontrará o tesouro onde a chave e o pequeno Tonga estão. Quando percebi que a lancha nos alcançaria, coloquei-o num lugar seguro. Não haverá rúpias para os senhores nessa jornada.

— Você está nos enganando, Small — disse Athelney Jones, rispidamente. — Se quisesse jogar o tesouro no Tâmisa, seria mais fácil jogar com a caixa e tudo.

— Mais fácil para jogar e mais fácil para você recuperar — respondeu ele, com um olhar astuto. — O homem que foi esperto o suficiente para me capturar é esperto o suficiente para resgatar um baú de ferro do fundo do rio. Agora que está espalhado por uns oito quilômetros, poderá ser uma tarefa mais difícil; mas doeu meu coração fazê-lo. Fiquei um tanto chateado por ter chegado a esse ponto, porém não há por que se lamentar. Já tive altos e baixos nesta vida, mas aprendi a não chorar pelo leite derramado.

— Isso é muito grave, Small — falou o detetive. — Se tivesse cooperado com a justiça, em vez de dificultar a questão dessa forma, você teria melhores chances no julgamento.

— Justiça! — replicou o ex-condenado. — Que bela justiça! A quem pertence o tesouro, senão a nós? Onde está a justiça em desistir dele para quem nunca o mereceu? Veja como o consegui! Vinte longos anos naquela ilha quente, trabalhando o dia inteiro no mangue, passando a noite acorrentado às imundas cabanas para os prisioneiros, picado por mosquitos, atormentado pela febre, humilhado por cada maldito policial negro que amava descontar num homem branco. Foi assim que mereci o tesouro de Agra; e você vem me falar de justiça porque não posso suportar a ideia de que paguei tão caro para que outro desfrute dele! Prefiro ser enforcado várias vezes, ou ter um dos espinhos do Tonga fincado na pele, do que viver numa cela sabendo que outro homem está confortável num palácio com o dinheiro que deveria ser meu.

Small deixara cair sua máscara de estoicismo, e tudo isso saiu numa enxurrada de palavras, enquanto seus olhos chamejavam, e as algemas batiam entre si com o movimento acalorado de suas mãos. Pude entender, enquanto via a fúria e a dedicação do homem, que não era exagerado nem infundado o terror vivido pelo major Sholto quando descobriu que o prisioneiro prejudicado estava à sua procura.

— Você esquece que não sabíamos de nada disso — falou Holmes, com calma. — Não ouvimos sua história e não podemos dizer até que ponto a justiça estava originalmente ao seu lado.

— Bem, senhor, tem sido muito justo comigo, embora possa ver que não devo agradecê-lo por esses braceletes em meus punhos. Ainda assim, não guardo ressentimentos, é tudo imparcial e às claras. Se desejar ouvir minha história, não tenho por que ocultá-la. O que contarei é a mais pura verdade, cada palavra. Obrigado, coloque o copo aqui ao meu lado, beberei se estiver com sede.

"Sou de Worcestershire, nascido próximo a Pershore. Ouso dizer que você encontraria um monte de Smalls vivendo lá se procurasse. Frequentemente pensava em ir até lá, mas a verdade é que nunca fui motivo de orgulho para minha família, e duvido que ficariam felizes em me ver. Eram todos equilibrados, religiosos, pequenos fazendeiros, conhecidos e respeitados pela região, enquanto eu sempre fui meio vagabundo. Finalmente, aos dezoito anos, parei de dar-lhes trabalho, pois me envolvi numa confusão por uma jovem e só podia resolver recebendo o xelim da rainha e ingressando nos Third Buffs, que estava de partida para a Índia.

"Mas não estava destinado a ser um soldado. Mal acabara de aprender a marchar e manusear o mosquete e cometi a tolice de nadar no Ganges. Por minha sorte, meu sargento, John Holder, estava na água naquele momento e era um dos melhores nadadores em serviço. Um crocodilo me pegou, bem quando estava na metade do trajeto e arrancou minha perna direita tão habilmente como o teria feito um cirurgião, logo acima do joelho. Desmaiei, pelo choque e perda de sangue, e teria me afogado se Holder não tivesse me resgatado e me levado até a margem. Foram cinco meses no hospital. Quando enfim pude sair, mancando com esse pedaço de pau preso ao meu coto, recebi dispensa do exército e me tornei inapto para qualquer ocupação.

"Fiquei, como podem imaginar, muito infeliz naquela época, pois era um aleijado inútil que mal completara vinte anos. Porém, minha má sorte logo se provou uma bênção disfarçada. Um homem chamado Abelwhite, plantador de anileira, buscava um capataz para vigiar e supervisionar seus trabalhadores. Ele era amigo do nosso coronel, que mostrou interesse por mim desde o acidente. Resumindo, o coronel me recomendou fortemente para a função, e como o trabalho era feito a maior parte do tempo montado em um cavalo, minha perna não seria um grande obstáculo, já que eu ainda tinha coxa o suficiente para me firmar bem na sela. Minha função era cavalgar pela plantação, vigiando os homens enquanto trabalhavam e denunciar os ociosos. O pagamento era justo, tinha acomodações confortáveis e, no geral, estava contente por passar o resto da vida numa plantação de anileiras. O Sr. Abelwhite era um homem gentil, e muitas vezes aparecia em minha tenda para fumarmos um cachimbo, pois lá os brancos se afeiçoavam uns aos outros como nunca o fazem aqui.

"Bem, minha sorte nunca durava muito. De repente, sem aviso prévio, um grande motim se formou contra nós. Em um mês a Índia estava aparentemente tranquila e pacífica, como Surrey ou Kent, no outro, havia duzentos mil diabos negros à solta e o país se tornou um verdadeiro inferno. Claro que os senhores conhecem muito melhor o que aconteceu do que eu, que nunca fui muito fã de leituras. Apenas sei o que vi com meus olhos. Nossa plantação ficava num local chamado Matura, próxima à divisa das Províncias Unidas. Noite após noite o céu era iluminado pelas cabanas incendiadas, e dia após dia pequenos grupos de europeus passavam pelo nosso Estado com as esposas e filhos a caminho de Agra, onde estavam as tropas mais próximas. O Sr. Abelwhite era bastante determinado. Em sua opinião, a situação estava muito exagerada e se resolveria tão rapidamente quanto começou. Então, sentava-se na varanda, bebendo uísque, fumando charuto, enquanto o país se acabava em sua volta. Claro que ficamos ao seu lado, eu e Dawson, que, com sua esposa, era responsável pela contabilidade e pela administração.

"Bem, certo dia o pior aconteceu. Estive numa plantação distante, e cavalgava lentamente de volta para casa ao anoitecer, quando meus olhos pousaram sobre algo, um amontoado próximo a uma ravina. Fui até lá ver o que era, e o sangue gelou em minhas veias quando vi a esposa de Dawson retalhada em pedaços, servindo de comida para chacais e cães da região. Um pouco mais à frente o próprio Dawson jazia de bruços, morto, com um revólver descarregado na mão e quatro sipaios[10] caídos uns sobre os outros diante dele. Freei o cavalo, pensando para onde ir, mas naquele momento vi uma fumaça espessa subindo da cabana de Abelwhite e as chamas começaram a surgir do telhado. Percebi que não podia fazer mais nada pelo meu chefe, e apenas arriscaria minha vida se me intrometesse no assunto. De onde estava pude ver centenas de demônios negros, ainda com casacos vermelhos sobre as costas, dançando e uivando ao redor da tenda em chamas. Alguns apontaram para mim, e algumas balas passaram zunindo próximas à minha cabeça, então saí em disparada pelos arrozais e tarde da noite estava em segurança dentro dos muros de Agra.

"No entanto, como provado, lá também não era seguro. Todo o país estava inquieto como um enxame de abelhas. Onde os ingleses conseguiam se reunir em pequenos bandos, eles apenas dominavam os terrenos até onde as armas alcançavam. Era uma luta de milhões contra centenas, e o mais cruel era que esses homens contra quem lutávamos, infantaria, cavalaria e artilharia, eram nossos próprios soldados selecionados, que havíamos ensinado e treinado,

---

[10] Soldado indiano em exército europeu. (N.E.)

manejando nossas próprias armas e tocando nossas próprias cornetas. Em Agra havia o 3º Regimento de Fuzileiros de Bengala, alguns sikhs,[11] duas tropas de cavalos e uma bateria de artilharia. Foi formado um grupo voluntário de funcionários e comerciantes, e me juntei a eles, com a perna de pau e tudo. Fomos de encontro aos rebeldes em Shahgunge em meados de julho, e os fizemos recuar por um tempo, mas ficamos sem pólvora e tivemos que retornar à cidade. Não recebemos nada além de péssimas notícias, nada surpreendente, pois, se olhar no mapa, era visível que estávamos bem no meio do conflito. Lucknow estava a cento e sessenta quilômetros ao leste, e Kanpur estava aproximadamente à mesma distância ao sul. Em todos os pontos da bússola não havia nada além de tortura, assassinato e injúria.

"A cidade de Agra é um lugar enorme, infestado por fanáticos e fervorosos adoradores do diabo. Nossos homens se perdiam entre as ruas estreitas e tortuosas. Então nosso líder seguiu pelo rio, e tomou posição no velho Forte de Agra. Não sei se os cavalheiros já leram ou escutaram algo sobre aquele lugar. Era um local muito estranho, o mais sinistro em que já estive, e olha que já estive em lugares bem esquisitos. Primeiramente, é enorme. Acredito que abranja muitos e muitos acres. Há uma área nova, onde ficava a guarnição, mulheres, crianças, vendas e tudo mais, com espaço de sobra. Mas a área nova nem se comparava em tamanho com a área antiga, aonde ninguém ia por

---

[11] Membro de uma comunidade religiosa monoteísta, fundada no Penjab (Índia) no fim do século XV, pelo guru Nanak Dev 1469-1539.

ser tomada por escorpiões e centopeias. Era repleta de salões grandes e desertos, passagens sinuosas e corredores formando labirintos, tornando muito fácil para que uma pessoa se perdesse. Por essa razão, era raro alguém ir até lá, embora de vez em quando um grupo com tochas fazia expedições.

"O rio banhava a frente do antigo forte, protegendo-o, mas as laterais e o fundo tinham muitas portas que precisavam ser vigiadas, tanto na área velha quanto naquela ocupada por nossas tropas. Nossos recursos eram escassos, mal tínhamos homens para cobrir os cantos da construção e manejar as armas. Portanto, era impossível para nós mantermos uma guarda forte em cada um dos inúmeros portões. O que fizemos foi organizar uma guarda central no meio do forte e deixar cada portão sob a guarda de um homem branco e dois ou três nativos. Durante algumas horas da noite, fui escalado para vigiar uma porta pequena e isolada no lado sudeste da construção. Dois tropeiros sikh ficavam sob meu comando, e fui instruído a disparar meu mosquete caso algo desse errado, que logo poderia contar com o reforço da guarda central. Como a central estava a uns bons cento e cinquenta metros de distância, cortada por labirintos de passagens e corredores, tinha dúvidas de que chegariam a tempo em caso de um ataque real.

"Bem, fiquei um tanto orgulhoso por ter recebido aquele pequeno comando, já que era um recruta inexperiente e ainda por cima sem uma perna. Por duas noites mantive a vigia com os meus punjabis. Eles eram altos, pareciam valentões, chamavam-se Mahomet Singh e Abdullah Khan, ambos velhos guerreiros que lutaram contra nós em Chillianwala. Falavam inglês muito bem, mas não consegui arrancar muita coisa. Eles preferiam permanecer juntos e papear a noite toda na estranha língua sikh. Quanto a mim, costumava ficar do lado de fora do portão, observando o rio vasto e sinuoso e as luzes cintilantes da grande cidade. A batida dos tambores, o chacoalhar dos gongos e os gritos e uivos dos rebeldes, entorpecidos pelo ópio e pelo cânhamo, eram o suficiente para nos recordar toda a noite dos perigos da vizinhança do outro lado do rio. A cada duas horas o oficial da noite ia a todos os postos se certificar de que estava tudo bem.

"A terceira noite de minha vigia estava escura e nebulosa, com uma garoa insistente. Era entediante ficar no portão hora após hora naquele clima. Tentei novamente fazer os sikhs conversarem, mas sem sucesso. Às duas da manhã, a ronda passou, e por um momento acabou com o tédio da noite. Percebendo que meus companheiros não iam começar uma conversa, peguei meu cachimbo e coloquei o mosquete de lado para riscar o fósforo. Num instante, os dois sikhs estavam sobre mim. Um deles pegou minha arma e mirou minha cabeça, enquanto o outro encostou uma faca grande na minha garganta e jurou entre dentes que a fincaria em mim se eu me mexesse.

"Meu primeiro pensamento foi de que eles estavam aliados aos rebeldes, e que aquilo era o início de um ataque. Se nossa porta de entrada estivesse nas mãos dos sipaios, o lugar seria invadido e as mulheres e as crianças seriam tratadas como se estivessem em Kanpur. Talvez os cavalheiros pensem que estou apenas tentando me defender, mas dou-lhes minha palavra de que, ao pensar nisso, ainda que sentisse a ponta da faca em minha garganta, eu abri a boca com a intenção de gritar, mesmo que fosse a última vez, apenas para alertar a guarda principal. O homem que me segurava pareceu ler meus pensamentos, pois quando me preparei, ele sussurrou:

"'Não faça barulho. O forte está seguro. Não há rebeldes deste lado do rio.'

"Havia verdade nas palavras dele, e eu sabia que, se levantasse minha voz, estaria morto; isso estava claro nos olhos castanhos do sujeito. Então esperei em silêncio, para ver o que queriam de mim.

"'Escute-me, sahib', disse o guarda alto e feroz da dupla, chamado Abdullah Khan, 'ou fica do nosso lado ou o calaremos para sempre. É algo importante demais para que hesitemos. Ou estará de corpo e alma conosco jurando sobre a cruz dos cristãos, ou esta noite seu corpo será jogado no fosso e passaremos para nossos irmãos do exército rebelde. Não há meio--termo. O que vai ser, vida ou morte? Daremos apenas três minutos para decidir, pois o tempo está passando, e tudo deve ser resolvido antes que a ronda retorne.'

"'Como posso decidir?', falei. 'Você não me disse o que quer de mim. Mas já lhe adianto que se for algo contra o forte, não quero me envolver, então trate de enfiar logo esta faca.'

"'Não será nada contra o forte', disse ele. 'Só pedimos para que faça o que seus compatriotas vieram fazer nessa ilha. Fique rico. Se juntar-se a nós esta noite, juraremos sobre a faca nua e pelo pacto da tríplice que nenhum *sikh* jamais quebrou que você terá sua parte no roubo. Um quarto do tesouro será seu, nada mais justo.'

"'Mas que tesouro é esse?', perguntei. 'Estou tão pronto para ser rico quanto vocês, se me mostrarem como fazê-lo.'

"'Jure, então', disse ele , 'pelos ossos do seu pai, pela honra da sua mãe, pela cruz da sua fé, não levantar a mão, nem falar contra nós, nem agora nem nunca?'

"'Juro', respondi, 'contanto que o forte não esteja em risco.'

"'Então eu e meu companheiro juraremos que você terá um quarto do tesouro que será igualmente dividido entre nós quatro.'

"'Mas estamos em três', falei.

"'Não, Dost Akbar terá uma parte. Contaremos a história dele enquanto esperamos por eles. Permaneça no portão, Mahomet Singh, e avise-nos quando chegarem. A situação é a seguinte, sahib, e lhe contarei porque sei que um juramento é sagrado para um feringhee[12], e que posso confiar. Se fosse um hindu mentiroso, ainda que tivesse jurado por todos os deuses em falsos templos, seu sangue estaria na

---

[12] Termo usado na Índia e em alguns países da Ásia para designar um estrangeiro, particularmente os de pele branca. (N.E.)

faca e seu corpo, na água. Mas os sikhs conhecem os ingleses, e os ingleses conhecem os sikhs. Escute bem o que tenho a dizer. Há um rajá nas províncias do Norte que possui uma grande fortuna, embora suas terras sejam pequenas. Muito foi herdado de seu pai, além do que o próprio acumulou, por ter uma natureza mesquinha, sempre guardando seu ouro em vez de gastá-lo. Quando o motim surgiu, ele tentou se aliar aos dois lados, tanto dos sipaios quanto do domínio britânico. Logo, pareceu-lhe que o fim do homem branco estava chegando, pois em toda a província ele apenas escutava sobre sua morte e derrota. Por ser um homem cauteloso, fez planos para que independentemente do que acontecesse pelo menos metade do seu tesouro fosse preservado. O que era ouro e prata ele manteve nos cofres do palácio, mas as pedras mais preciosas e pérolas selecionadas foram colocadas num baú de ferro, e enviadas por um criado de confiança que, disfarçado de mercador, deveria levá-lo para o Forte de Agra, e lá ficaria até o país estar em paz. Dessa forma, se os rebeldes ganhassem, ele teria conservado o dinheiro, mas se a Companhia Britânica ganhasse, suas joias estariam a salvo. Após dividir sua fortuna, ele apoiou a causa dos sipaios, pois eles estavam fortes nas fronteiras. Ao fazer isso, note bem, sahib, seus bens passaram a pertencer por direito àqueles que se mantiveram fiéis à sua causa. Esse falso mercador, que viajava sob o nome de Achmet, está na cidade de Agra e deseja entrar no forte. Ele está viajando acompanhado pelo meu irmão de criação Dost Akbar, que sabe o segredo. Dost Akbar prometeu guiá-lo, esta noite, por uma entrada lateral do forte, e escolheu esta para esse propósito. Logo chegará aqui e encontrará Mahomet Singh e eu esperando por ele. Este lugar é calmo, e ninguém saberá que ele está vindo. O mundo nunca mais ouvirá sobre o mercador Achmet, mas o incrível tesouro do rajá será dividido entre nós. O que acha disso, sahib?'

"A vida de um homem em Worcestershire é algo precioso e sagrado, mas é muito diferente quando há fogo e sangue à sua volta e você acostuma-se a ver a morte por todos os lados. Se Achmet, o mercador, viveu ou morreu, isso pouco me importava, mas ao falar sobre o tesouro, meu coração se entusiasmou, imaginei o que poderia fazer com ele no Velho Continente, e como meus pais ficariam quando vissem o filho incorrigível voltando com os bolsos cheios de ouro. Já tinha me resolvido, mas Abdullah Khan, pensando que eu hesitava, continuou insistindo.

"'Considere, sahib', disse ele, 'que se esse homem for pego pelo comandante, ele será enforcado ou levará um tiro, e as joias recolhidas pelo governo, de modo que ninguém verá uma rúpia. Agora, já que vamos pegá-lo, por que não fazer o resto? As joias ficarão melhor conosco do que nos cofres do governo. Terá o suficiente para enriquecer cada um de nós e nos tornar grandes líderes. Ninguém descobrirá nada, pois estamos isolados de todos. Que objetivo seria melhor do que esse? Diga novamente, sahib, se está conosco, ou se devemos vê-lo como nosso inimigo.'

"'Estou com vocês de corpo e alma', falei.

"'Muito bem,' respondeu ele, devolvendo meu mosquete. 'Confiamos em você, já que sua palavra, como a nossa, não pode ser quebrada. Agora só resta esperar pelo meu irmão e pelo mercador.'

"'O seu irmão sabe o que você vai fazer?', perguntei.

"'O plano é dele, ele que o criou. Vamos até o portão e dividir a vigilância com Mahomet Singh.'

"A garoa insistia em cair, pois estávamos no início da estação chuvosa. Nuvens escuras e pesadas carregavam o céu, e era difícil enxergar alguns metros adiante. Um fosso profundo ficava em frente à nossa porta, mas em alguns pontos a água havia secado e ele podia facilmente ser atravessado. Era estranho permanecer lá, com aqueles punjabis ferozes, esperando por um homem que viria para morrer.

"De repente avistei a luz de uma lanterna do outro lado do fosso. Sumia pelos montes e depois reaparecia, vindo lentamente em nossa direção.

"'Lá estão eles!', avisei.

"'Interrogue-o, sahib, como de costume', sussurrou Abdullah, 'mas não o assuste. Deixe-nos entrar com ele e faremos o resto enquanto você fica de guarda. Fique com a lanterna em mãos, para termos certeza de que é o homem certo.'

"A luz começou a oscilar em frente, parando e avançando, até que vi duas figuras escuras do outro lado do fosso. Deixei-os escorregar pela ribanceira, espalhar a lama, e subir metade do caminho até a porta antes de interrogá-los.

"'Quem está aí?', falei em tom moderado.

"'Amigos', foi a resposta.

"Peguei minha lanterna e lancei um feixe de luz sobre eles. O primeiro era um sikh enorme, com barba preta, que chegava quase em seu cinturão. Nunca vi homem tão alto a não ser em espetáculos. O outro era pequeno, gordo, rechonchudo, com um grande turbante amarelo e um pacote na mão, enrolado num manto. Ele parecia tremer de medo, pois suas mãos contorciam-se como se estivesse com febre, e sua cabeça virava para a esquerda e para a direita com os dois olhinhos brilhando, como um rato que se aventurara fora da toca. Deu-me calafrios pensar em matá-lo, mas lembrei do tesouro, e meu coração ficou mais duro que pedra. Quando viu meu rosto branco, soltou exclamações de alegria e correu em minha direção.

"'Dê-me proteção, sahib', disse ele, ofegante, 'dê sua proteção para esse infeliz mercador Achmet. Viajei por toda Rajputana e busco abrigo no Forte de Agra. Fui roubado, espancado e abusado, pois sou aliado da Companhia. É uma noite abençoada por me encontrar novamente em segurança, assim como minhas posses.'

"'O que traz nesse pacote?', perguntei.

"'Um baú de ferro', respondeu ele, 'que contém um ou dois pequenos pertences de família sem valor, mas que lamentaria perder. De qualquer maneira, não sou um mendigo, e o recompensarei, jovem sahib, você e seu governador, se me derem abrigo como pedi.'

"Não podia confiar mais em mim mesmo ao conversar com aquele homem. Quanto mais olhava para seu rosto redondo e assustado, mais cruel parecia matá-lo a sangue frio. Era melhor acabar com aquilo.

"'Leve-o até a guarda principal', falei.

"Os dois sikhs se aproximaram dele, cada um de um lado, e o grandalhão foi atrás, enquanto entravam pelo portão escuro. Nunca um homem fora tão rodeado pela morte. Permaneci no portão com a lanterna.

"Pude ouvir o som compassado dos passos pelos corredores desertos. De repente cessaram, escutei vozes, um tumulto e sons de golpes. Logo depois, para o meu horror, escutei passos apressados vindo em minha direção com a respiração alta de alguém correndo. Apontei a lanterna para o corredor longo e estreito e lá estava o homem gordo, correndo como o vento, com uma gota de sangue escorrendo pelo rosto e bem próximo estava o grande sikh da barba preta, correndo como um tigre e com uma faca na mão. Nunca vi um homem correr tão rápido como o pequeno mercador. Ele estava ganhando distância; se passasse por mim, e saísse pelo portão, estaria salvo. Senti pena dele, mas novamente pensei no tesouro e a frieza tomou conta de mim. Ao passar correndo, enfiei o mosquete entre suas pernas, e ele caiu no chão, rolando duas vezes como um coelho abatido. Ainda cambaleando para ficar de pé, o sikh já estava sobre ele, enterrando a faca duas vezes em seu corpo. O homem não soltou um gemido, nem moveu um músculo, deitado onde havia caído. Acredito que tenha quebrado o pescoço na queda. Como podem ver, cavalheiros, estou mantendo minha promessa. Conto-lhes cada palavra da história, exatamente como aconteceu, quer isso me favoreça ou não."

Ele parou e alcançou, com as mãos algemadas, o uísque com gelo que Holmes o servira. Confesso que adquiri certo horror por aquele homem, não só pelo assassinato cruel em que se envolveu, mas, principalmente, pela maneira leviana e negligente como o narrara. Independentemente da punição que teria, ele não poderia esperar qualquer compaixão de minha parte. Sherlock Holmes e Jones sentaram-se com as mãos sobre os joelhos, profundamente interessados na história, e com a mesma aversão estampada no rosto. Talvez ele tenha notado, pois havia um toque de provocação na voz e em seus modos enquanto prosseguiu.

— Sem dúvidas, foi tudo horrível — disse ele —, gostaria de saber quantos camaradas no meu lugar recusariam uma parte do roubo sabendo que teriam a garganta cortada pelo esforço. Além disso, considerando que ele estava no forte, era minha vida ou a dele. Se ele escapasse, todo o caso seria descoberto, eu teria sido submetido à Corte Marcial e provavelmente fuzilado, já que as pessoas não eram muito clementes num período como aquele.

— Continue com a sua história — falou Holmes, rispidamente.

— Então, nós o carregamos, eu, Abdullah e Akbar. Era bem pesado, apesar de tão baixo. Mahomet Singh ficou vigiando a porta e o levamos a um lugar que os sikhs já haviam deixado preparado. Era um local afastado, onde um corredor sinuoso levava até um grande salão, cujas paredes de tijolos desmoronavam. O chão de terra estava afundado num lugar, formando uma cova natural, então deixamos Achmet lá, cobrindo-o com os tijolos soltos. Feito isso, voltamos para o tesouro.

"Ele estava no mesmo lugar onde caíra no primeiro ataque. A caixa foi colocada aberta sobre a mesa. A chave estava pendurada por um cordão de seda à alça entalhada na tampa. Quando abrimos, a luz da lanterna refletiu sobre a coleção de joias, sobre as quais li e pensei quando era um pequeno menino em Pershore. Elas ofuscavam a visão, mas quando nos acostumamos, retiramos todas e fizemos um inventário. Havia 143 diamantes de primeira qualidade, incluindo o que creio ser conhecido por Grande Mogul, o segundo maior do mundo; 97 belas esmeraldas e 170 rubis, alguns deles pequenos; 40 carbúnculos, 210 safiras, 61 ágatas e uma grande quantidade de berilo, ônix, olho-de-gato, turquesa e outras pedras, cujos nomes desconhecia na época, embora tenha me familiarizado com elas desde então. Além disso, havia aproximadamente 300 belíssimas pérolas, das quais doze estavam cravadas em uma coroa de ouro. A propósito, ela foi retirada do baú, pois não estava lá quando o recuperei.

"Após contabilizarmos os tesouros, nós os colocamos de volta no baú e o carregamos até o portão para mostrá-lo a Mahomet Singh. Então renovamos nossa promessa de sermos leais uns aos outros e guardar nosso segredo. Concordamos em guardá-lo em local seguro até que o país voltasse a estar em paz, e então o dividiríamos igualmente entre nós. Era inútil dividi-lo naquele momento, pois se joias de tanto valor fossem encontradas conosco suscitaria suspeitas. Assim, carregamos a caixa até o mesmo salão onde o corpo estava enterrado, e lá, debaixo de certos tijolos da parede mais preservada, fizemos um buraco e escondemos o tesouro. Guardamos bem o lugar e, no dia seguinte, desenhei quatro mapas, um para cada, e coloquei o signo dos quatro ao pé desses mapas, pois fizemos promessa de que cada um sempre agiria pelos quatro, então nenhum poderia se aproveitar dos outros. Coloco a mão sobre o peito e posso jurar que essa é uma promessa que jamais quebrei.

"Bem, não há necessidade de contar aos senhores como acabou o motim indiano. Após Wilson tomar Déli e o Sr. Colin liberar Lucknow, a base do acordo fora quebrada. Tropas novas chegaram em grande quantidade e Nana sahib desapareceu na fronteira. O Coronel Greathed comandou um apoio até Agra e expulsou os Pandies. A paz pareceu reinar sobre o país, e nós quatro começamos a pensar que chegara a hora de partirmos em segurança com nosso tesouro roubado. Porém, de uma hora para a outra, nossas esperanças foram despedaçadas, pois fomos presos pelo assassinato de Achmet.

"Aconteceu da seguinte maneira: quando o rajá entregou as joias para Achmet, ele o fez pois sabia que era confiável. Mas o povo do Oriente é desconfiado. Sendo assim, o que o rajá fez, senão colocar outro criado, ainda mais confiável, para espionar o primeiro? Este segundo criado foi instruído a nunca perder Achmet de vista, e o seguia como uma sombra. Ele foi atrás dele naquela noite, e o viu passar pelo portão. Obviamente o criado pensou que Achmet havia buscado abrigo no forte e fez o mesmo no dia seguinte, porém não encontrou nem sinal dele. Tudo estava muito estranho e ele falou sobre o assunto com o sargento que o acompanhava, que levou a questão ao comandante. Foi feita uma busca rápida e completa pelo forte e o corpo foi encontrado. Logo, no mesmo momento em que achávamos estar tudo certo, nós quatro fomos detidos e julgados por assassinato; três de nós, pois vigiávamos o portão naquela noite e o quarto, pois se sabia que estava na companhia do homem assassinado. Nenhuma menção sobre as joias foi feita no tribunal, pois o rajá fora deposto e expulso da Índia, então ninguém tinha interesse sobre elas. No entanto, o assassinato foi bem esclarecido e não havia dúvida de que estávamos envolvidos. Os três sikhs pegaram prisão perpétua, e eu fui condenado à morte, embora mais tarde minha sentença tenha sido reduzida para a mesma dos outros.

"A situação que vivíamos era bastante estranha. Lá estávamos, os quatro, acorrentados pelas pernas, com pouquíssimas chances de escapar algum dia, enquanto guardávamos um segredo que poderia colocar cada um de nós em um palácio, se pudéssemos usá-lo. Era enlouquecedor aguentar os chutes e pancadas de cada autoridade insolente por um prato de arroz e um copo de água, enquanto aquela fortuna maravilhosa esperava lá fora, apenas para ser apanhada. Isso poderia ter me enlouquecido, mas sempre fui muito teimoso, então esperei minha hora chegar.

"Finalmente ela chegou. Fui transferido de Agra para Madras e de lá para Blair, nas ilhas Andamão. Havia poucos prisioneiros brancos naquele complexo e como me comportei bem desde o início, logo passei a ser privilegiado. Deram-me uma cabana em Hope Town, um vilarejo nas encostas do monte Harriet, e fui deixado basicamente por conta própria. Era um lugar triste, assolado pela febre, e tudo para além da nossa pequena clareira era infestado por canibais selvagens, sempre preparados para acertar um espinho venenoso em nós, se tivessem a chance. Fazíamos escavações, cultivávamos inhame e uma dúzia de outras coisas que nos ocupavam todo o dia, embora durante a noite tivéssemos mais tempo para nós mesmos. Entre outras coisas, aprendi a armazenar medicamentos para o cirurgião e adquiri um pouco do seu conhecimento. Fiquei o tempo todo à espreita, esperando uma chance de fugir, mas o local era muito distante de qualquer outra ilha, e havia pouquíssimo vento naqueles mares, dificultando muito a fuga.

"O cirurgião, Dr. Somerton, era um rapaz esperto, amistoso e costumava reunir-se no seu alojamento com outros oficiais para noites de carteado. A sala de cirurgia onde eu manipulava os remédios ficava ao lado da sala de estar, com uma pequena janela entre os cômodos. Frequentemente, sentindo-me sozinho, eu apagava a lamparina na sala de cirurgia e permanecia lá, escutando as conversas e observando-os jogar. Sou fã de carteado, e era tão bom assistir quanto jogar. Apareciam por lá o major Sholto, o capitão Morstan e o tenente Bromley Brown, que comandavam as tropas nativas, e sempre presente estava o cirurgião e dois ou três funcionários do presídio, astutos camaradas que jogavam com esperteza e segurança. Eles sempre tinham uma pequena reunião bem agradável.

"Bem, logo percebi algo que chamou minha atenção: os soldados sempre perdiam para os civis. Vejam, não diria que era algo injusto, mas era assim. Esses prisioneiros não haviam feito muita coisa além de jogar cartas desde que chegaram em Andamão, e conheciam o jogo um do outro muito bem, enquanto os demais jogavam apenas para passar tempo, e perdiam muitas mãos. Noite após noite os soldados empobreciam e, quanto mais perdiam, mais entusiasmados jogavam. O major Sholto era a maior vítima, ele começou pagando em notas e ouro, mas logo passou para notas promissórias e altas quantias. Às vezes ganhava por algumas rodadas, apenas para se animar, e então sua sorte parecia pior do que nunca. Todo o dia ele perambulava com semblante fechado, e passou a beber e a apostar mais do que convinha.

"Certa noite, ele perdeu mais do que o normal. Estava sentado em minha cabana quando ele e o capitão Morstan se aproximaram, tropeçando a caminho de seus alojamentos. Eram melhores amigos e nunca se separavam. O major reclamava de suas derrotas.

"'Está tudo acabado, Morstan', dizia ele, enquanto passavam pela minha tenda, 'terei que pedir demissão. Estou arruinado.'

"'Não diga tolices, meu camarada!', disse o outro, dando-lhe tapas no ombro. 'Também tive um prejuízo grande, mas...'

"Foi tudo que consegui ouvir, mas foi o bastante para que refletisse.

"Poucos dias depois, o major Sholto estava passeando pela praia, e aproveitei a chance para trocar uma palavra.

"'Gostaria de um conselho seu, major', falei.

"'Ora, Small, do que se trata?', perguntou ele, tirando o charuto da boca.

"'Gostaria de saber, senhor', falei, 'quem seria a pessoa indicada para guardar um tesouro escondido. Sei onde há um que vale meio milhão, e como não posso utilizá-lo, pensei que a melhor coisa a se fazer seria entregar às autoridades competentes, e talvez reduzam minha sentença.'

"'Meio milhão, Small?', falou, arfando, olhando duramente para mim, para ver se eu falava sério.

"'Isso mesmo, senhor, em joias e pedras preciosas. Está guardado, apenas esperando. E o estranho é que o verdadeiro dono foi extraditado e não pode tomar posse, então pertence a quem chegar primeiro.'

"'Ao governo, Small', balbuciou ele, 'ao governo.'

"Mas ele falou de modo hesitante, então senti que o havia conquistado.

"'Então o senhor acha que devo dar a informação ao governador-geral?', perguntei, calmamente.

"'Ora, não faça nada precipitado, ou irá se arrepender. Conte-me tudo, Small. Dê-me os fatos.'

"Contei a ele toda a história, com pequenas mudanças para que não identificasse os lugares. Quando terminei, ele permaneceu parado, sem ação, cheio de pensamentos. Pude notar pelos lábios contorcidos que vivia uma batalha interna.

"'Isso é algo muito sério, Small,' falou ele, finalmente. 'Não diga uma palavra a ninguém sobre isso, e eu o verei em breve.'

"Duas noites depois ele e o amigo, capitão Morstan, foram até minha cabana na calada da noite.

"'Quero que o capitão Morstan ouça aquela história da sua própria boca, Small', disse ele.

"Repeti tudo como havia contado antes.

"'Parece verdade, não é?', comentou ele. 'Será que vale o risco?'

"O capitão Morstan assentiu.

"'Ouça bem, Small', falou o major. 'Falamos sobre o assunto, eu e meu amigo, e chegamos à conclusão de que o segredo não é da conta do governo, mas trata-se de algo do seu interesse particular, e obviamente você tem todo o direito de fazer o que achar melhor. Agora, a questão é: quanto você pediria por ele? Estaríamos inclinados a ir encontrá-lo, ou pelo menos examiná-lo, se estivéssemos de acordo com as condições.'

"Ele tentou falar em tom indiferente e despreocupado, mas os olhos brilhavam com empolgação e cobiça.

"'Ora, quanto a isso, cavalheiros', respondi, também tentando parecer tranquilo, mas tão empolgado quanto ele, 'só há um acordo que um homem na minha condição pode fazer. Quero que ajudem a nos libertar, a mim e a meus três companheiros. Incluiremos vocês na parceria, e daremos o total de um quinto para que dividam entre si.'

"'Hum!', resmungou ele. 'Um quinto! Não é muito tentador.'

"'Corresponderia a cinquenta mil para cada um', falei.

"'Mas como faremos para libertá-los? Sabe muito bem que esse pedido é impossível.'

"'Não mesmo', respondi, 'pensei em tudo nos mínimos detalhes. O único empecilho para nossa fuga é não conseguirmos um barco adequado para a viagem, e nem os mantimentos para tanto tempo. Em

Calcutá e Madras há muitos iates e veleiros pequenos que seriam perfeitos para o propósito. Tragam um para cá. Prometemos embarcar durante a noite, e se nos deixarem em qualquer ponto da costa indiana terão cumprido sua parte no acordo.'

"'Se ao menos fosse apenas um de vocês', disse ele.

"'Todos ou nenhum', falei. 'Fizemos um juramento. Nós quatro sempre agimos juntos.'

"'Veja, Morstan', falou ele, 'Small é um homem de palavra. Não abandona os amigos. Acho que podemos confiar nele.'

"'É um negócio sujo', respondeu o outro, 'embora, como você disse, o dinheiro salvará nossas patentes.'

"'Bem, Small', disse o major, 'suponho que devemos tentar. Mas é claro que devemos, primeiro, checar a veracidade dos fatos. Diga-me onde o baú está escondido e pedirei uma licença para ir até a Índia no barco de assistência para verificar o caso.'

"'Calma', falei, tornando-me mais frio conforme ele se animava. 'Preciso do consentimento dos meus três companheiros. Direi se são os quatro ou nenhum de nós.'

"'Isso é loucura!', gritou ele. 'O que os três pretos têm com o nosso acordo?'

"'Pretos ou azuis', falei, 'eles estão nessa comigo, e iremos juntos.'

"O assunto se encerrou numa segunda reunião, em que Mahomet Singh, Abdullah Khan e Dost Akbar estavam presentes. Falamos sobre o assunto novamente, e enfim chegamos a um consenso. Providenciaríamos um mapa do Forte Agra para os dois oficiais, mostrando o lugar com a parede onde o tesouro estava escondido. O major Sholto iria até a Índia pôr nossa história à prova; se encontrasse o baú, ele o deixaria lá e enviaria um pequeno barco abastecido com mantimentos para a viagem, que deveria ficar na ilha de Rutland, para onde seguiríamos, e finalmente retornaria ao serviço. O capitão Morstan pediria uma licença para nos encontrar em Agra, e lá faríamos a divisão final do tesouro, com ele levando sua parte junto à do major. Juramos tudo isso com a mais solene promessa que a mente poderia conceber e a boca pronunciar. Passei a noite toda com papel e tinta nas mãos e pela manhã tinha os dois mapas prontos, assinados pelo signo dos quatro, ou seja, Abdullah, Akbar, Mahomet e eu.

"Bem, senhores, eu os cansei com minha longa história, e sei que meu amigo Sr. Jones está impaciente para me colocar atrás das grades. Serei o mais breve possível. O patife Sholto foi até a Índia, e nunca voltou. O capitão Morstan mostrou-me uma lista de passageiros de um navio-correio em que constava o nome dele pouco tempo depois. Seu tio morrera, deixando-lhe uma fortuna. Ele deixou o exército, mas ainda teve tempo de fazer o que fez conosco. Morstan foi até Agra e, como esperávamos, o tesouro, de fato, não estava lá. O canalha roubara tudo, sem cumprir a condição sob a qual lhe havíamos revelado o segredo.

Desde aquele dia vivi pela vingança. Pensava nisso pela manhã e refletia durante a noite. Fui consumido e absorvido por aquele sentimento. Não me importava mais com a lei, nem com a forca. Escapar, encontrar Sholto e enforcá-lo com as minhas próprias mãos era tudo em que pensava. Até o tesouro de Agra tornou-se algo pequeno em meus pensamentos diante do assassinato de Sholto.

"Enfim, tomei muitas decisões nesta vida, e nunca deixei de honrá-las. Mas foram longos anos até minha hora chegar. Contei-lhes que aprendi um pouco sobre Medicina. Certo dia, quando o Dr. Somerton pegou uma febre, um pequeno ilhéu andamão foi atacado por um prisioneiro na floresta. Estava muito doente e foi até um lugar isolado para morrer. Peguei-o pela mão, ainda que fosse tão venenoso como uma pequena cobra, e, passados alguns meses, com a minha ajuda ele melhorou e voltou a andar. Ele sentiu certa afeição por mim, não voltava para a floresta e sempre rodeava minha cabana. Aprendi com ele um pouco do seu idioma, e isso o deixou mais afeiçoado por mim.

"Seu nome era Tonga, um excelente barqueiro que tinha uma canoa grande e espaçosa. Quando notei sua devoção por mim e descobri que faria qualquer coisa que pedisse, vi minha chance de fugir. Conversamos sobre isso e, certa noite, ele levaria a canoa para certo cais que nunca era vigiado e lá me buscaria. Instruí-o a levar várias cuias de água e muito inhame, cocos e batatas-doces.

"O pequeno Tonga era leal e verdadeiro, nenhum homem teve companheiro mais fiel. Na noite escolhida, o barco estava no cais; contudo, um guarda dos prisioneiros estava lá, um cruel pachtun que nunca perdera a chance de me insultar e humilhar. Sempre jurei vingança e agora tinha minha chance. Era como se o destino o tivesse colocado em meu caminho para que cumprisse minha promessa antes de deixar a ilha. Ele permanecia às margens da água, de costas para mim, com a carabina sobre o ombro. Procurei por uma pedra para lhe esmagar a cabeça, mas não encontrei. Então, um estranho pensamento me veio à mente, mostrando onde poderia conseguir uma arma. Sentei-me no escuro e soltei minha perna de pau. Com três longos pulos caí em cima dele. Ele pegou a carabina, mas eu o golpeei em cheio e afundei toda a parte da frente de seu crânio. Podem ver a rachadura na madeira onde o acertei. Ambos caímos, pois perdi o equilíbrio, mas quando levantei ele continuou deitado, bem quieto. Segui rumo ao barco e em uma hora estávamos em alto-mar. Tonga trouxera todas as suas aquisições recentes: as armas e seus deuses. Entre outras coisas, havia uma longa lança de bambu e algumas esteiras de fibra de coco, que usei para fazer uma espécie de vela. Durante dez dias navegamos sem destino, confiando na sorte, até que no décimo primeiro fomos resgatados por um navio mercador que ia de Singapura até Jidá transportando peregrinos malaios. Era um grupo singular, em que Tonga e eu rapidamente nos encaixamos. Eles tinham uma ótima qualidade: nos deixavam sozinhos e não faziam perguntas.

"Ora, se contasse todas as aventuras que eu e meu pequeno amigo vivemos, vocês me odiariam, pois ficaríamos aqui até o sol raiar. Perambulamos de um lado a outro deste mundo, mas algo sempre nos impedia de chegar a Londres. No entanto, nunca desviei de meu propósito. Eu sonhava com Sholto à noite e matei-o muitas vezes nos meus sonhos. Finalmente, há três ou quatro anos, chegamos à Inglaterra. Não tive dificuldades em descobrir onde Sholto vivia, e empenhei-me para descobrir se ele ainda tinha o tesouro ou não. Fiz amizade com pessoas que podiam me ajudar, não citarei nomes, pois não quero envolver ninguém mais nisso, e logo descobri que ele ainda possuía as joias. Então tentei chegar a ele de muitas maneiras, mas era muito astuto e sempre tinha dois lutadores, além dos filhos e de seu khitmutgar, para protegê-lo.

"Certo dia, no entanto, soube que ele estava morrendo. Corri imediatamente para o jardim da casa, enlouquecido por pensar que iria escapar de minhas garras, e, olhando através da janela, pude vê-lo na cama com um filho de cada lado. Eu teria entrado para enfrentar os três, mas quando olhei para ele, seu queixo caiu e vi que estava morto. Na mesma noite, entrei no quarto dele e revistei tudo à procura de algum papel que registrasse onde escondera as joias. Contudo, não havia uma palavra sequer, então parti mais amargurado e furioso do que nunca. Antes de deixar a casa, refleti que se algum dia encontrasse de novo meus amigos sikhs seria para dar-lhes a satisfação de saber que deixei uma marca de nosso ódio; assim, rabisquei o signo dos quatro, como o fizera nos mapas, e o espetei em seu peito. Seria injusto que fosse levado para o túmulo sem uma lembrança dos homens a quem roubara e enganara.

"Naquela época ganhávamos a vida exibindo o pobre Tonga em feiras e em outros espetáculos como um canibal negro. Ele comia carne crua e fazia uma dança de guerra, então tínhamos o chapéu cheio de tostões após um dia de trabalho. Sempre recebia informações de Pondicherry Lodge e, por anos, nenhuma novidade, exceto que estavam à procura do tesouro. Finalmente, chegou a notícia que tanto esperávamos: o tesouro fora encontrado. Estava no topo da casa, em cima de um dos aposentos do Sr. Bartholomew Sholto. Fui ao local e dei uma boa olhada, mas concluí que não seria possível, com a minha perna de pau, subir até lá. No entanto, ouvi sobre um alçapão no telhado e o horário da ceia do Sr. Sholto. Tive a impressão de que conseguiria resolver tudo facilmente com Tonga. Levei-o comigo com uma longa corda amarrada na cintura. Ele escalava como um gato, e logo chegou até o telhado, mas o grande azar foi que Bartholomew Sholto ainda estava no cômodo. Tonga pensou ter feito algo muito incrível ao matá-lo, pois quando subi a corda encontrei-o orgulhoso como um pavão. O pequeno sanguinário ficou muito surpreso quando o acertei com a ponta da corda e o xinguei. Peguei o tesouro e o desci pela corda, mas não sem antes deixar o signo dos quatro sobre a mesa, para mostrar que as joias voltaram àqueles que a mereciam. Então, Tonga recolheu a corda, fechou a janela e saiu pelo mesmo lugar que entrara.

"Não sei se tenho algo mais a dizer. Escutei um barqueiro falar sobre a velocidade da lancha do Sr. Smith, a Aurora, então pensei que seria muito útil para a fuga. Contratei o velho Smith, e lhe daria uma bela soma se nos levasse em segurança até nosso navio. Sem dúvidas ele sabia que havia algo errado naquilo, mas ignorava nosso segredo. Tudo o que contei é verdade, e não conto para entretê-los, cavalheiros, pois em nada me ajudaram. Conto porque acredito que a melhor defesa que tenho é a verdade, deixando o mundo saber quão mal agi ao confiar no major Sholto e quão inocente sou pela morte de seu filho."

— É um relato inesquecível — falou Sherlock Holmes. — Um desfecho apropriado para um caso muito interessante. Não há nada de novo para mim na última parte da narrativa, exceto o fato de que você trouxe sua própria corda. Disso eu não sabia. A propósito, esperava que Tonga tivesse perdido todos os espinhos, mas ele atirou alguns em nós, no barco.

— Ele perdeu todos, senhor, exceto o que ficou na zarabatana.

— Ah, claro! — disse Holmes. — Não pensei nisso.

— Há algo mais que gostaria de perguntar? — quis saber o prisioneiro, afavelmente.

— Acho que não, obrigado — respondeu meu companheiro.

— Bem, Holmes — falou Athelney Jones —, você é um homem que prezamos e é um bom conhecedor do crime, mas dever é dever, e já fui muito longe fazendo o que você e seu amigo pediram. Ficarei mais tranquilo quando esse contador de histórias estiver seguro atrás das grades. A carruagem aguarda e há dois policiais lá embaixo. Estou muito agradecido pela ajuda dos dois, e claro que vocês serão requisitados no tribunal. Boa noite.

— Boa noite, cavalheiros — falou Jonathan Small.

— Você primeiro, Small — observou Jones, cauteloso, enquanto deixavam o aposento. — Tomarei um cuidado especial para que você não me golpeie com a perna de pau, como fez com o cavalheiro nas ilhas Andamão.

— Bem, nosso drama chegou ao fim — comentei, após ficarmos um tempo fumando em silêncio. — Temo que esta será a última investigação em que terei a chance de estudar seus métodos, pois a Srta. Morstan deu-me a honra de desposá-la.

Ele soltou o mais deplorável gemido.

— Temi isso — disse ele. — Realmente não posso congratulá-lo.

Fiquei um pouco magoado.

— Tem algum motivo para não aprovar minha escolha? — perguntei.

— De maneira nenhuma. Penso que ela é uma das damas mais adoráveis que conheci, e poderia ser muito útil em trabalhos como o que tivemos. Ela tem muito talento para esse campo; testemunhei a forma como conservou aquele mapa de Agra encontrado no meio de todos os outros papéis do pai. Mas o amor é muito emocional, sendo assim, torna-se o oposto à verdadeira racionalidade fria, o que mais prezo. Eu jamais me casarei, para não distorcer meu raciocínio.

— Acredito — falei, sorrindo — que meu julgamento resistirá a essa provação. Mas você parece cansado.

— Sim, já estou sentindo os efeitos. Passarei a semana mais fraco do que um fiapo.

— Estranho — falei — como o que, em outro homem, eu chamaria de preguiça, em você se alterna com acessos de muita energia e vigor.

— Sim — respondeu ele —, tenho em mim as características de um grande vadio e também de um camarada bastante ágil. Frequentemente penso nos dizeres do velho Goethe: *"Pena que a natureza fez de ti um só homem, pois havia matéria para um homem digno e um patife".*

— A propósito, sobre esse caso de Norwood, você viu que tiveram, supostamente, um aliado dentro da casa, que só poderia ser Lal Rao, o mordomo. Então Jones realmente teve a honra de capturar um dos culpados.

— A divisão parece um tanto injusta — comentei. — Você teve todo o trabalho nesse caso. Ganhei uma esposa, Jones levará todo o crédito, e o que restará para você?

— A mim — disse Sherlock Holmes —, restará aquela ampola de cocaína.

E ele esticou sua mão longa e branca para alcançá-la.

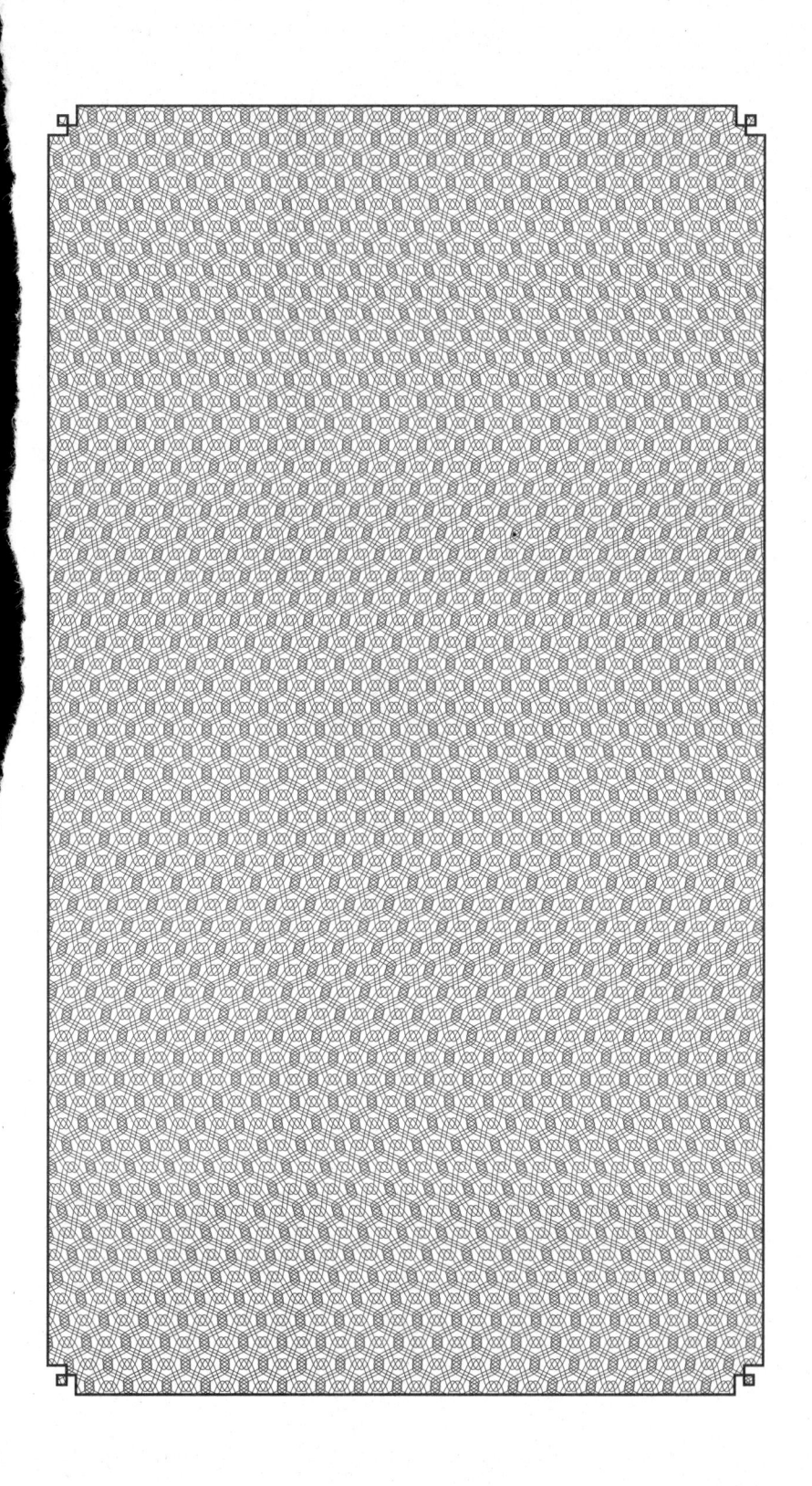

amo ler

1ª Edição
Fonte Athelas